米本浩二

魂の邂逅

石牟礼道子と渡辺京二

新潮社

たわやすく言にはいでぬ思いなり
つねに別るるごとくに逢うも
それぞれの老いをきざみし顔の中
漂うごとく通る幼女あり

いづく世のたそがれごろぞ
ゆく方のくらきにわずか花あかりせる
形なきものらゆき交う花の下

闇の中なるわれもひとりぞ
いまたしか身を反らしたる
古樹の影
闇の高みに花のらんまん
――一九八六年四月三日夜

石牟礼道子「無題」（『石牟礼道子全詩集』所収）

私は故人のうちに、この世に生まれてイヤだ、さびしいと
グズリ泣きしている女の子、あまりに強烈な自我に恵まれたゆえに、
常にまわりと葛藤せざるをえない女の子を認め、
カワイソウニとずっと思っておりました。
カワイソウニと思えばこそ、庇ってあげたかったのでした。

渡辺京二「カワイソウニ」
(『預言の哀しみ——石牟礼道子の宇宙Ⅱ』所収)

石牟礼道子（46歳）と渡辺京二（43歳）。
1973年熊本県球磨郡で。（前山光則撮影）

魂の邂逅　石牟礼道子と渡辺京二　目次

Pebble collection by Rica Den
Photo by Masahiro Yamamoto
Design by Shinchosha Book Design Division

魂の邂逅——石牟礼道子と渡辺京二

1　道子の章

きのう、もちごめを炊いたんですよ。そしたらきょうはとろけていたの。普通のご飯をまぜました。とろけたご飯がまざっとります。はい。味見してください。色がついています。きれかでしょう。干した梅ば入っとります。名付けて、梅入り炊き込みごはん。じゃこも入っとります。ニラも入っとる。シイタケの汁も。シイタケを水につけておく。そうしたら茶色っぽくダシが出るんですよね。

どうぞじゅうぶんに食べてください。漆の赤いお茶椀でどうぞ。黄色いのはトウモロコシですよ。おかわりしてください。ゆっくり、お茶を飲みながら。急須の葉っぱは換えんでよかです。さっき渡辺京二さんが来てお湯を足しました。ふらふらになりながら淹れてくれました。あのご様子、もう、なごないんじゃなかろうか。つっこけんで、ご無事に、お帰りになったでしょうか。

お弁当買ったけど、食べなさらんですか。東京から水俣フォーラムの実川悠太くんが今度来るんですよ。それでうなぎを申し込んだんですよ。そしたら、手に入らない。なかといわれた。実川くんはうなぎを楽しみに来るんですけど、うなぎは、ないんですよ。普通のお弁当を頼みに行った。うなぎがないから実川くんががっかりするだろうと思って、普通の弁当はどういうものがあるか、買ってみたんですよ。それを少し食べて残してあります。渡辺さんに差し上げようと思ったけど、渡辺さんは食べなさらんですよ。

渡辺さんがお書きになった『逝きし世の面影』、欧米の真似をするのが日本の近代の始まりですよね。本を読むのに横文字をつかわないといけないでしょう。渡辺さんも英語をたくさんつかって書きなさる。普通の平凡な常識的なことをカタカナで書きなさる。分からんものもあります。アウトサイダーち、なんですか？ かんじんどん（勧進、物乞い）のこと？ ああ、それなら分かる。本の題は私が提案したらご採用になって、そら、うれしかです、渡辺さんのご本ですから。日本人は藍の色が好きだし、着ているものも藍色が多い、と書いてある。のれんも藍色ですよね。藍屋さんの娘さんが同級生におりまして、仲がよかった。墨で書いた条幅、熊本県の書道大会に一緒に出しました。毛筆書きの短歌を書いた。草花も描いた。今よりも上手です。パーキンソン病でもう字が書けんです。

このあいだ、私が小さい手帳を、同時進行で七冊つかっていることが判明したんです。余白を残す。最後までつかわない。この人のノートは全部そうです、と渡辺さんがおっしゃる。共産党員だったとき、「コンスタンチーノ」と題名が書いてあり、あと一行も書いていない。第一ページで挫折している、と渡辺さんがからかいなさる。挫折したわけではありません。町に出て何か思い浮かぶでしょう。何かに書きつけたいが、手もとになにもない。近くの店に寄って手帳を買って、そしてひまがあったときにちょっと書くんですよ。そうしたらまた手帳を買いたくなる。四冊くらいあると思っていたら、七冊あったのですね。三冊あればいいの、順番に使い切っていこう、とおっしゃる。生返事していると、得心してないんですよ、やりすごしています、あとは自分が思うようにやるつもりなんです、この人は、とあきれたように渡辺さんは言うのです。

ぼくは、ペンは一本でよか、とおっしゃる。書いてすぐそこらへんにおきちらすけん、私は、何本も必要なのかもしれません。書いて自分で持っとれば一本でいいんですけど。これは渡辺さんのプレゼントの拡大鏡。八千円もした。渡辺さんは死ぬまで本ば読む。根気があります。私は本読んでも、ちっとも頭に入らん。頭の出来が違うとです。

私の代用教員時代の恩師の徳永康起先生の記念碑が建ったそうです。熊本日日新聞の記事に出た。渡辺さんが読んでみせなはるですけど、字が、目の前ばすーっと通る。自分でそんな早うに読みなはっとかなあ。目の前ば、すーっ、と通る。私は人よりも目が見えん。一字も見えん。なんか通っていった、たしかに。すーっと通った。あれはなんち言えばよかろうか。あまりに早くて読めません、と言えば腹かきなはるごとある。しんから見らんけん、人の話ばきいとらん。人のことには関心がない、とさんざん言われます。

渡辺さんが三日も来ないことがあったんですよ。ぎっくり腰ちゅうことで。三日目の夕方、渡辺さんから電話がかかりました。

「きょうも寝てます」

「今度はじゅうぶんに」

「はい。じゅうぶんというかね、ま、あした昼頃、起きれればいいと思っていますけど」

「無理をなさいますな」

「はいはい。横になりますから」

電話が切れます。こちらからまたかけます。

「もしもし」

「わたしです」

「はい。なんでしょうか、はい」

「今度の渡辺さんの腰のいたみはただごとじゃない」

「そんなことない、ぎっくり腰だ、おおげさに考えなくてもいいです。去年もおこりましたし、毎年一回おこるんですよ。なおりますから。たのむからいらん心配せんでくれ。はい、じゃあ、いいですね」

「がんばって養生なさいませ」

「はいはい、横になりますから」

切れました。

石牟礼道子資料保存会ちゅうのが真宗寺に去年できたのです。私のあの、乱雑で山んごたる原稿を渡辺さんやみなさんが整理して、資料集をつくってくださるとか。つくってもらうにしても、渡辺さんの体調が気になるですね。ハーハー言いなさるですよ。ちょっと動いただけでハーハー肩で息をついていなさるでしょ。ハーハーだけじゃないごとある。物覚えも悪くなったもん。私の方がよく覚えているんじゃあなかかなあと思うくらい。完全整理まであと五年かかるち言いなさるけど。資料集は残さんでよかと思う。京二さんの命と引き換えに資料集を残しても意味がない。私も、あと五年も六年も生きとらん。

（二〇一五年春）

*

多いねぇ……。自分の手紙よりもあなたへの便りへの返事を書く方が多かですよ、ぼくは。礼状のはがきを出しときますから。あなたを大事に思って手紙をくれてるわけだから。とにかくあなたを聖人のごと思っとるとですよ。聖女のごつ。救い主のごとく思っている。あなたが立派なことばかり書くものだから、こぎゃんして新興宗教のごとなってくるたい。ぼくみたいな俗人にはだれも寄ってこんから、楽なもんですよ。

それじゃあ、連載のエッセー、清書しましょう。あ、「分厚く」の字が違うじゃないか。普通、「分」という字を書くよね。部屋の「部」が入っている。

「いう」を書くとき、いろいろな字を使うけど、漢字の「言」にする？「云」にする？ひらがなにする？バラバラになると体裁がわるいでしょう。

「二、三人から五、六人」という表現はおかしいですね。シロウトっぽい表現ですね。ちょっとどうにかならんですか。「四、五人」でいいでしょう。

「行列しながら、火葬場にむかって身をよじりながら」。「ながら」が接近して繰り返し出てきますね。まずいですねー。どっちかの「ながら」を変えましょう。

「師範学校」と書いても、今の人は分からんもんね。よかよかわからんだって。今はもうまったくね、時代が変わってしまってね、もう今の若い人にはぜんぶ、なんも通じんことになっとります。

締めはどうするの？　どげん終わらせるつもりね、この文章。え、なに？「花びらをひろうてやってくださいませ……」と書くの？　もう書いているだろうが。全集やエッセーにも何度も書いとる。残りのスペースは一四行しかなかだけん、一四行しか。坂本きよ子さんのこと書き出したら収拾がつかなくなるだろう。この原稿用紙六枚の文章のテーマはなんですか。きよ子さんのこと、花びらがどうのこうのと書き出したら、六枚に書けんじゃないか。ふくらましていったらなんの話かわからんごとなるでしょうが。部分肥大はやめにゃ、部分肥大は。

直したかったら赤印をちょっとつけておいて。そうしたらぼくが清書するから。あなたがやったら、また、めちゃくちゃになるからね。ぼくが今夜清書してきますから、明日、持ってきます。持ってきても、あなたは書き込まないでください。また清書ということになりますから。もう一週間、同じことやっとります。

アイスクリームひとくち食べてみようか。気分がよくなるかもしれんよ。息がつけない？　そうお？　息はしてるよ、ちゃんと。苦しかは苦しかだろうけど。なんか心配なことがあるの？　心配ごとなんかなんもなかだけんね。あなたはゆっくりしとけばいいんだ。お通じはあったたかな？　ヨーグルトはいいですよ。ヨーグルトは食べよる？　ほんとのヨーグルトだよ。ヤクルトじゃないよ。毎日欠かさず食べるとお通じよくなりますよ。私も、あれ食べないとお通じがわるいです。

入院するのはいいよ。入院したらね、よくなるもん状態が。院長さんが言いなはったでしょうが、時々入院してリハビリでたてなおさなければいかん、と。たてなおす、と。そしたらまたしばらく大丈夫だ。看護師さんも大事にしてくれるし。リハビリの若い人たちも親切だ。心配、なんもいらんですよ、合間に仕事もできるしね。

また一冊、最近のエッセー集、つくらんといかんね。この七、八年くらいの間に書いたやつを、新しいのを一冊まとめましょうね。インタビューなんかも入れないと、ちょっと厚みが足りないかもしれない。今度は河出書房新社かどっかで出しましょう。

明日からカリガリが開店なんだよ。今夜は前夜祭でお祝いをするんだって。私に来てくれといわすから、しょうがないから行かないといけない。あなたも行きたいだろうが、もっと元気になってからだね。カリガリにはお世話になったからなあ。あなたもカリガリでずいぶん原稿書いたね。

今度、文芸雑誌を出すんですよ。『アルテリ』という名前の。年に二回くらい出そうかと言っている。私は後見人みたいなもので。部数は三〇〇部くらいにして、ささやかに出すんですよ。あなたにも書いてもらわなきゃあな。

どういうときに発作がおこるのかなあ。自分じゃわからないかな。こういうことをしたから発作になったとか。こんなふうなことをずっと心配しとったから発作になったとか。あれせんといかん、これせんといかんと思うから発作になったとか。人と話して疲れたから発作になったとか。なんか、そんな、わかるかな。関係なしに起こるみたいね。ん？　そうでもない？　ぜんぶあてはまるの？　そうなのか。じゃあ、そうだな、思わなけりゃいいたい。あれせんといかん、これせんといかん、なんてあなた思う必要ないでしょう。もう、なーんにもそんなこと思う必要なかけんね。

ただ、ほれ、対談とかインタビューは月に一回くらいね。それはその日になってやればいいだけのことだからね。一時間か一時間半、ちょっとおつとめしたらいいことだから。向こうはさ、あなたのことを尊敬しとる人ばっかりだから、あなたのことを。だから気楽に話せるでしょう。気にせんでいいでしょう。よけいなことして疲れる必要もないでしょう。ゆたーっとしとけばいいよ。闘い済んで、日は暮れて、なんだ。もう終わりました。ゆっくりしとこう。なにも心配いりません。それではぼくはこれで失礼するよ。明日、また来るからね。

（二〇一五年秋）

＊＊＊

「水俣病闘争」という言葉を広い意味での患者支援運動ととらえるなら、水俣病闘争は現在も継続中である。しかし、一般的には、「水俣病闘争」は石牟礼道子と渡辺京二が主導した一九六九年六月の水俣病裁判の提訴から、判決後の交渉が一段落した一九七三年七月までの、四年を指す。闘争の源流は熊本県天草郡宮野河内（現・天草市河浦町宮野河内）である。一九二七年にさかのぼる。

吉田ハルノは困惑した。夫の白石亀太郎は天草下島の下津深江で生まれた。農家の奉公にやられ、天草北部の苓北の炭鉱にいたこともあるらしいが、詳しいことは分からない。語らないのだ。三〇歳頃、深海から浮かんできたかのように、突如、天草の石工集団吉田組の一員となる。図面書きなどで頭角をあらわす。死の直前、長女の道子が「(下津深江に）帰ってみようか」と促したが、「今どきのお前どもの、ざっとした考え方で、ゆかるるところか」と一蹴された。

ハルノの父親、松太郎と亀太郎はウマが合わない。弱者を大切にし、義理人情に厚いのは二人とも同じだが、放蕩を好む趣味人の松太郎と、謹厳実直な実務肌の亀太郎は水と油だ。松太郎が、長女ハルノの婿に亀太郎を選んだのは、指導力のある亀太郎が実質的に吉田組を仕切っていたからである。吉田家の存続のため、「夫婦にならんばしょんなかたい」（ハルノ）という状況にあった。

松太郎は天草上島の下浦出身である。島原湾にも不知火海にも乗り出せる地の利に加え、加工しやすい砂岩に恵まれ、石工の里と呼ばれる要件は満たしていたのだ。天草を拠点としていた吉田組は一九一〇年頃、水俣に渡る。一九〇八年に水俣に進出したチッソ（当時・日本窒素肥料）水俣工場が生産規模を拡大しつつあった。積み出し港や運搬道の整備が必要だった。そこに目をつけたのが吉田組である。工場の近くに整然と区画された一角、水俣の中心部栄町に石工集団の家を構えた。見習いの少年や炊事担当の女性らが大勢出入りしてにぎやかである。明け切らない朝、亀太郎が鞴（ふいご）で火を起こす。焼けた鉄のノミを玄翁（げんのう）で叩く。その音でハルノら家族は目覚める。

吉田組が水俣対岸の熊本県天草郡宮野河内で道路工事を請け負っている一九二七年三月一一日、ハルノと亀太郎の長女が生まれた。工事を請け負うに際し、松太郎の地元への根回しは入念だった。農閑期の男衆を作業員に採用して、地元にもカネが落ちるようにした。妊娠しているハルノに夏みかんの差し入れが絶えなかった。祖父も夫も誕生を喜び、道路工事の完成を祈るという意味を込めて、「道子」と名づけた。吉田道子、のちの石牟礼道子である。

ハルノは何に「困惑」したのだろう。道子の泣き方が尋常でなかったのである。赤子の世話にはだれもが手を焼くに違いないが、成長するにつれて子育ての苦労の記憶は薄れていくものだろう。ところが、ハルノは「困惑」体験を忘れなかった。道子の成人後、道子と親しい渡辺京二に次のように語った。

「いったん泣き出すと、身も世もなく泣いて、引きつけを起こすまで泣きやまない。火がついたように泣く。いったいどういう子供じゃろうかと思っておりました」

渡辺の解釈によると、「生まれてきて、いやーっと泣いている。この世はいやーっ、人間はいやーって泣いている。生まれたときからこの世とうまくいっていない」。

生きること自体が苦である。この世に異議申し立てをしなければ気が済まない。ハルノは家族でもない渡辺を妙に気に入り、臨終が近づいた一九八八年のある日、渡辺を近くに呼んで、「道子をよろしく頼みます」と言った。一般的な意味の「よろしく」なのか、もっと深い意味の「よろしく」なのか、判然としない。深くうなずいた渡辺は「ずっと面倒をみます」と心の中で返事をした。彼は実際その通りにした。

道子が五歳になった一九三二年、チッソ水俣工場がアセトアルデヒドの生産を開始。有機水銀など廃水が無処理で水俣湾百間港へ放たれるようになった。

白石亀太郎がハルノや子どもたちを入籍したのは一九五六年である。平服で固めの盃を交わしてから三二年後だった。入籍が遅くなった理由は、亀太郎が「入り婿」になるのを嫌ったともいわれるが、はっきりしない。亀太郎には離婚歴があったので、入籍には慎重だったのかもしれない。ともかく、道子ら五人のきょうだいはいずれも吉田姓で育った。亀太郎は道子らを「認知」しなかったので、学校の先生はハルノの「私生児」として扱った。

道子は小学校入学が一年遅れた。役所の通知ミスである。一つ下の弟、一(はじめ)と同級生になった。幼いきょうだいは困惑しただろう。学校側は道子と一を「双子」とみなした。同じ学年なのだから、そう思われて当然だ。実際、繊細で自虐的な二人は不思議なほど似ていた。「双子」という言葉は期せずして二人の本質を捉えているのかもしれなかった。

長じて恋多き女性となる道子が最初に異性を意識したのは、一である。〈この弟という存在は、わたしにとって一番近い異性であり、深い謎だった〉(『葭の渚』)。鋭敏な感受性を持て余し、自らの肉体を傷つけるのを辞さない弟は、道子を「お前」と呼んで懊悩や憤懣を投げつけてきた。鏡に映る嫌な自分をさげすむようなものだ。

一は酒におぼれ、恋愛結婚後も自己破壊的な生活は改まらない。親族との軋轢は激しさを増す。亀太郎と取っ組み合いの喧嘩をすることもある。道子は、緊急避難的に弟を精神科病院に入院させた。しかし退院後、一はいっそう不安定になる。荒れる弟を道子は「不思議な分身」と思ってながめている。

道子は短歌に一のことを詠むようになった。正気と狂気のあいだを揺れながら、正気の側に踏みとどまるには、事態を言葉にして見つめてみなければならなかった。

〈酒呑めば腰なえとなる弟に縋られてわれも座る草生に〉

〈妻も子も養わぬ汝が素面にて云える金借せと云う語は弱し〉

「貸せ」と言われても道子の家も一の家に負けない貧窮世帯なのだ。「カネはなか……」と力弱くつぶやくしかない。代用教員の夫のサラリーはいつも数日で消えてしまう。

道子が『サークル村』に入った一九五八年、一が鉄道事故で三〇年の生涯を閉じた。自殺だと取り沙汰された。弟の死の当日を道子が回想する。二〇一五年八月、夫の弘の通夜を待つ水俣市の自宅で語ったものだ。

「弘しゃんが一の友だちになってくれて、取っ組み合いをしていた親子（亀太郎と一）の仲もうまくいくようになっていました。なんのいたずらでしょうね、水俣駅のそばの踏切で、あの、切り出し肉ち、あっとですよ。今もありますかしら。スジ肉。普通の家より貧しい家では、切り出し肉ちゅうとば買うて。スジ肉です」

「安かです、普通の牛肉よりも。そしてこりこりして、おいしかですよ。一が死んだ日は、水俣出身の詩人の谷川雁さんの家に私は行っとりました。今はもうなくなりましたね、雁さんの家も。で、雁さんの家に行っとりましたら、使いが来て、一さんが事故におうたけ、はよ帰ってけ、と言うのです。なんじゃろか、と思ってはよ帰りましたら、古か家の仏壇の前に後頭部に包帯をまいた一が寝かせてあった」

「汽車にひかれたちゅうことがわかって、自殺じゃなかろうかと思いましたけど、自殺じゃなかった。切り出し肉ば、弁当がらにいっぱいためて、そして水俣駅の線路の、手前の線路。そこからいけば水俣駅と反対側の山手へいく道があった。水俣駅の近くです。そこの線路のそばに、今もあるかもしれないが、家が四、五軒あった。弁当がらに切り出し肉をたくさんいれて、家族中で、切り出し肉のすき焼きでいっぱいのもうと思うたんでしょうね。どぎゃんしたあんばいでひかれたかわかりませんけど、線路の踏切でない、越えちゃあならんところを……」

〈おとうとの轢断死体山羊肉とならびてこよなくやさし繊維質〉

　道子は一の三歳の娘と手をつないで線路上を歩く。初冬の明け方である。「父ちゃんの指あった、ホウ」。娘が父の足の小指を拾う。エプロンのポケットに入れる。野辺送りのときも「父ちゃんの花」と花輪を持ちたがった。

　一の死で吉田家の〝地獄〟は終わったかに見えた。少なくとも現象上はそうである。荒れる息子に手を焼いていた亀太郎ももう怒声を発しない。

　道子も表向きは弟のことを語らない。一の存在にふたたび陽が当たるのは、一の死から半世紀も過ぎてからである。道子の新作能『不知火』と『沖宮』に「共通因子」があると指摘したのは土屋恵一郎である。

〈（共通因子とは）姉と弟、兄と妹の関係が、ドラマの強度になっていて、鮮明に描かれていることである。『不知火』では、姉と弟が婚儀すらあげる。『沖宮』では、四郎とあやが、最後は共に天上への道行をすることになる。なぜ、これほどに、近親婚のイメージが作品のなかに登場することになるのだろうか〉（『石牟礼道子全集　第一六巻』解説）

作品のバックボーンに〈近親婚のイメージ〉があるという。能に精通する土屋はさすがに慧眼と言わねばならない。『不知火』で毒をさらう弟「常若」は一がモデルであろうし、『沖宮』の少女あやを妣(はは)なる国、海底(うなぞこ)の宮に導く四郎も一のイメージが濃厚だ。つまり、一をモデルにしたキャラクターが両作を支えているのだ。

妣なる国、沖宮。幼い道子が行動を共にした狂気で盲目の祖母おもかさまは受難する代々の女性「妣」の一人である。雪のふる夜、道子はおもかさまの手にすがる。雪をかぶった髪が青白く炎立つ。おもかさまは口説のような言葉を並べる。

〈重かもんな汚穢(きさな)かもん（中略）／汚穢かもんなちーぎれ／役せんもんなしーね死ね（中略）／男もおなごもべーつべつ〉（「愛情論初稿」）

意外な組み合わせではあるが、道子はおもかさまと一を「彼ら」とひっくるめて語ることがある。〈彼らの存在は終始、反社会とでもいうものであり、社会の中の一番深いわれ目だった。彼らの意志は、おそらくずたずたなので、それは無意志ともいえるけれど、（社会への伝達の道が、永久に片道通行になってしまったので）無意志をみせかけているので、なおさらに凝縮された切ない意志だった〉（「パラソル」）

この世を生きられないとはどういうことなのか。道子は一の苦闘を一の個人的経験と思っていない。〈彼を救う事は私を救う事ですし、みんなを救うこと〉（「おとうと」）と語ってきたのだ。〈祖母と弟が、どのようにいたましい日常を送り、どのような最期をとげたか、いやいや彼らが死んだことは、ほんとうによかった。魂が二度と甦らないのなら、彼らはまことによい眠りについたのだった。死んだことはよかったが、彼らの生にはどのような意味があったのだろうか〉（「パラソル」）

道子はそう自分に問うてみる。現実には、一の死後、彼を救うことができていない。一の魂と納得いくまで出会っていないのだ。そうなると長期戦を覚悟して、腰をデンと据えるしかない。表現者たる道子は作品でカタをつける。新作能の構想などまるでない頃から、いつか弟の魂の救済をと、口には出さずとも、念じてきたのである。

新作能『不知火』『沖宮』は生と死という道子生涯の主題を能舞台で展開したものだ。弟一の魂の救済というテーマをことさら盛り込もうとしたわけではない。『不知火』と『沖宮』という二つの新作能が、道子の生命の根幹に根差した主題に沿って構築される以上、書けば自然に一のことが出てくる、という確信があった。案の定、両作で一はメーンキャラクターの座を与えられる。一の生涯を凝縮したような舞台で、一の生涯の意味を確かめる。そこで初めて一の魂と出会う。

初期の道子の短歌は死のニオイに満ちている。

〈掃き残されし落葉しずかに地に着きてたそがれてゆく田浦の駅〉

水俣の近隣の田浦には道子の勤め先の小学校があった。一六〜二〇歳、代用教員として二つの小学校で教えた。

〈この秋にいよよ死ぬべしと思うとき十九の命いとしくてならぬ〉

もう逡巡の季節は過ぎた。死に向かう道子がいる。自称〝登校拒否先生〟は勤務先の学校から足が遠のく。

〈ひとさじの白い結晶がたたえいるこの重い重い静けさを呑もう〉

いよいよ死をわがものにしようというのだ。学校の理科室に亜ヒ酸があった。

〈おどおどと物いわぬ人達が目を離さぬ自殺未遂のわたしを囲んで〉

試みたが死にきれなかった。

〈1946年1月／父・母のひとみを見たりければ／自殺未遂われをまもりてよもすがら／明かしてひとみ言(こと)ふりもせず　一月七日〉と日記につづる。

〈死なざりし悔が黄色き嘔吐となり寒々と冬の山に醒めたり〉

行く先が消え去った空漠。虚無だけが胸の奥に残る。

〈われはもよ　不知火おとめ　この浜に　いのち火焚きて消えつつまた燃えつつ〉

道子が同じ頃に書いた散文『不知火』の一節。古いわら半紙の四百字詰め原稿用紙三〇枚（二五〜二九枚目が欠落）。資料箱にずっと眠っていたのだ。二〇一五年暮れに渡辺京二が見つけた。

古い原稿を見た道子は「……覚えていない」と言う。しかし、私が部分部分を朗読すると、文字が記憶を呼び戻したようだ。「一生懸命書いとるですよ。だれにも話せないことを自分と対話して書いています。小説？　そうじゃないですね、心の日記です」と語る。

道子の心象風景を知る手がかりとなる。「心の日記」らしく思念の素直な吐露がある。少女が初恋の少年を追いかけるドラマもある。「火」や「命」が前面に出ているからか、〝古代神話〟のような趣がある。

〈あの火は不知火の海から渡って来る／わたくしのいのちの炎のみなもとでございますもの／あれが　わたくしを　招く火／あれが　わたくしを　呼んでいる火〉

不知火の海に向けて情念的な独白を繰り返す語り手の「乙女」もまた〝古代神話〟的語りにふさわしい装束をまとっている。「乙女」は「道子」と言い換えが可能である。

〈乙女は白い衣（きぬ）を着ていました。古代そのままのふわりと絡む広筒袖、無雑作に細い首筋を浮き立たせている。衿先のなだらかな合せ目が、そのまますーっと胸をまとめ、その胸から腰部の曲線をくるんで砂の上へ引き流された単調な裾のゆらめき、そして乳房のあたりから右下の腰の二た所に結んでたらされた黒い紗（しゃ）の紐が肩を蔽（おお）った髪をとけ会って、それは冴え返える。月の下で神秘な静けさを漂よわせていました〉

真実味に満ちた衣装の描写に注目したい。道子に「凄い想像力ですね」と聞いたところ、「いえ、それはわたくしがまとった衣装そのままでございます」と涼しい顔で答えたのだ。実際の

〃もの〃がないとこうは書けないものである。道子生来のナルシシズムが筆の勢いを加速させている。妹・妙子のワンピースなど、すべて手縫いでこしらえた道子である。戦後には水俣市公会堂に米軍の放出物資の衣類が大量に来ることがあった。古着だが、純毛製品ばかりである。道子は軍服などを分解して、夫の背広やジャンパー、息子のズボンやチョッキをこしらえた。古代衣装製作などお手のものであったろう。

〈あれが　わたくしを　招く火〉などの情念的独白と同時並行で語られるのは何か。道子をはぐくんだ生類（しょうるい）や自然など不知火海沿岸のコスモス（小宇宙）である。

〈其処（そこ）には潮風のとどく丘の奥にこんもりと房を作った野ぶどうのつるが繁みを作っていました。甘酸っぱい、黒むらさきのつぶら実（み）を噛んだあと舌先を懸命に出して眺めて、むらさきに染まったその色に仄（ほの）かな満足を覚えた六つの日の記憶、萩草の下をかいくぐって松の林に抜けると、其処はよくしめじ茸の匂いにくんくんむれ返り、ほっかりほっかりと、足元に白茶色のしめじ茸が松の朽ち葉をもたげているのでした〉

後年の『椿の海の記』の萌芽がある。〈くんくん〉とか、〈ほっかりほっかり〉とか、野性的な空想をほしいままにした幸福は永遠のものではない。物心がつくほどに、人の世の醜さを見聞きする。一方では、前近代を近代が侵食し始める気配が身近にあった。近代とはチッソの別名である。〈すべての事をもうけと損で計り出す。計り出すことに長けたものが我が物顔に生きている世界〉は道子の心を傷つけた。引用したような野性的で自由な世界は〈夢幻の園〉であるしかない。

道子の初恋は一四歳である。〈さて乙女はひとりの男の子を想うておりました〉

学校の庭ですれ違った一人の少年が忘れられない。

〈男の子は黒い眸を持っていました。その眸の上に迫った眉は、青白い顔の色と共に気むずかしい様子ながら、それが何か愁わし気な風情を加えて、人の気を引かずにはおれない様に思えました〉

道子に尋ねると、「水俣実務学校の同級生」と言う。道子は家政科。男の子は農業科の級長だった。教室は別々だったが、畑での実習などで一緒になると、「見ないようにして顔を見ていました。戦後もずっと男の子への思いをひきずっていました。今、どうしているかなあ」と道子は語るのである。「どうして今までだれにも話さなかったのですか」と問うと、「だれも聞かなかったから」と答えたものだ。

水俣では「魂の深か子」という言い方をする。事物の奥まで極めようとするスケールの大きさを称賛しているのである。しかし、あまりに深いと「物狂い」と嘲笑の対象になりかねない。〈物狂いの心程、一筋なものはございませぬ。この世に美しいものを求めるとしましたら、それは確かにたったひとつしかない様な気が致します〉

少年もまた〈夢幻の園〉の住人であるのかもしれない。多感な道子が一気に少年に傾くのは自然だっただろう。恋の成就を、というのではない。夜空についと流れた青い光に手を伸ばす。そんな気持ちではなかったか。伸ばしたからにはとことん光跡を追いかけてみたい。魂の邂逅を目指すのだ。

少年の家は湯の鶴にあった。八代海に面した湯の児温泉が「海の温泉」なら、水俣川源流に近い湯の鶴は「山の温泉」である。南九州を代表する二大温泉なのだ。

水俣実務学校を卒業し、道子は代用教員になった。一六歳の少女教師である。〈見せかけ丈の大人の世界に他目には、一応は相槌を打ちながら生きてゆく術を心得たかに見えました〉。その一方で、あの〈夢幻の園〉を忘れなかった。現実には得られないと知りつつも、求めないでは生きていけない。

〈己れに振り向けられると男の子の微笑みが欲しい〉との願いを抱いて、道子は出湯の里目指して歩く。単独行である。〈人の言うこんこんと湧き出づる出湯の音の合間に、宵更くればコロコロと鳴く河鹿の声を、この耳に聞きたいと願いました〉

くねくねとどこまでも曲がっていく道を、〈谿ぞいの切り岸道を　ほろほろと　涙ながしてゆきにけるかも〉と呟きながら。

独り山道を行くのは、心細かっただろう、しかし、道子にとって、崖や岩が延々と続く景色はどこか懐かしいものだったのに違いない。祖父松太郎は、水俣川上流の宝河内に石山を見つけ出し、事業の拡大とともに石工も大勢雇用し、「石の神様」と呼ばれた。切り出した石で神社の鳥居や港を作っていたのだ。

初恋の少年の家を目指す。山中を一〇キロ近く歩かねばならない。日帰りは無理な行程である。夕方、出湯の里へ着いた。不知火のようにまたたく湯の宿の灯火が迎えてくれた。

〈乙女は心願の国へ来たと思いました。／願い続けた河鹿の声を深夜の枕に聴いたとき、乙女は凍る様な寂寥の想いに打たれたのです。殆(ほと)んど無感動の程な、涙も出ない曾(か)ってな寂(ママ)しさ、／「ああ、心願の国は／このように――／寂しいところ…」／その儘(まま)眠り過した〉

〈夢幻の園〉はついに夢幻で終わるのか。稲妻のような湯の白い煙に、少女の目は釘付けになる。〈この中に身を任せたら、あの救いと言うものが、あるのかも知れない〉。少女の山中行は〝自殺行〟の様相を呈する。昔からなじみのある死がまた身近に来ていた。

〈今更に男の子の姿を垣間見ようとは、空恐しい〉と思う一方で、〈あの海の丘へ不知火のところへこの命を移したら、せめて男の子が一生のうちには、わたくしを見やる時もあろうかと願いました〉ともいう。男の子の姿を見ることができないのであれば、幼い頃からなじんだ不知火の灯火が見たい。

〈ふるさとの海辺の沖にともると言う、不知火の火はあの火かも知れないと言う気が致しました。／「あの火のところへ　不知火のところへゆきたい」〉

「不知火のところへゆきたい」とは、希求の果ての、決してたどりつくことはできないが、必ずあると確信する「もう一つのこの世」を求めて生の道を開くということ。「不知火の火が一つともった」と口にして、少女は目覚める。過去の自殺未遂がフラッシュバックのようによみがえる。〈里の人らにかこまれて初めて目をみひらいたとき、乙女はもう誰とも口をききません〉。先に引用した短歌〈おどおどと物いわぬ人達が目を離さぬ自殺未遂のわたしを囲んで〉をほうふつとさせる。

〈物言わぬようになった乙女には、風の音も、一茎の草も、あらゆる自然の一つ一つが、みんな、

言葉を持っているのが、ちゃんと判ります。何のためらいもなく、それ等のものと、言葉をきくことが出来ました〉

この展開は唐突である。死をくぐり抜け、不知火の火を意識することで、なぜ「言葉」をわがものとできるのか。森羅万象になぜ名前が付されたのか。

道子は散文『不知火』を書くことで、彼女を脅かす世俗的なもの、近代的なものを客観的に見ることができ、自らの命の危うさを自覚することができた。作品を書くこと、言葉をつむぐことで生きていける、その手応えを得た。とたんに言葉が降ってきたのである。

魂の邂逅を求めた旅の果てでのことだ。孤独を、虚無を抱いて生きる。それ以外に方策はないようであった。道子は反芻する。

〈われはもよ　不知火おとめ　この海に　命火たきて　消えつまた燃えつ〉

少女教師道子は通勤の汽車の中でも歌帳を手放さず、駅で一緒になる同僚から「まあ、文学者ね」などとからかわれた。一九四四年の歌稿が最も古い。

〈ひとりごと数なき紙にいいあまりまたとじるらん白き手帖を〉

道子一七歳の歌である。ブツブツ言いながら、手帖を開いては閉じる。初心が白い紙の上で輝くようである。

毎日新聞熊本歌壇に投稿を始める。選者の蒲池正紀は〈あなたの歌には、猛獣のようなものがひそんでいるから、これをうまくとりおさえて、檻に入れるがよい〉と自ら主宰する短歌結社

『南風』への入会を勧めた。当時、水俣から熊本まで鉄道で片道三時間かかる。幼い道生を連れて通う。

一九五三年一月号に初出詠した。同三月号に『南風』の代表的歌人、山之口可子の作品評が載っている。〈女性に珍らしい知性と、言葉へのいたわりを感じます。幻想的で、神秘で、痛み易い心が魅力的です〉。上々のデビューである。

この年、水俣湾周辺で多数の猫が死ぬ。原因不明の中枢神経疾患が散発している。暮れに水俣病認定第一号患者、溝口トヨ子が発症（五六年三月死去）。

『南風』一九五五年一〇号では会員へのアンケートを行い、「期待される中堅、新人」として四人が道子の名を挙げている。「カルピスのしゃれた味」（西山保）、「鋭敏な触角をもっていとまなき程の転身を試みる詩魂」（堀川冨美）と評されている。

会内で才能が認められ、歌友も少なからずできたが、孤独はいかんともしがたい。道子は熊本市在住の堀川から「歌会から帰られる後姿が、傷ついておられるというか、何も満たされないという風にみえていました」と言われたことがある。〈そうでないように振る舞っていても、見える人には見えるものだ〉とは道子の述懐である。

一九五七年一月号は「五拾号記念特集号」だった。道子はアンケートに答える形で以下のようなことを書いている。〈カマチセンセイの驚くべき努力に気押されてか、何もかもヒトリでやられる腕の下の居心地がいいのか、まことにヌクヌクとお互いアタタメ合って、只の一ぺんも懐疑することなく、至極平穏無事に五拾号を迎えることオメデタキカギリです。センセイ。その扉に

躰を張って皆をかばうことをおやめになって室内に冬の風を送って下さい。のどかなまどろみがさめますように〉

道子がカタカナを多用するときは相手を揶揄する気があるときだ。『南風』は道子から見れば生ぬるいのである。〈カマチセンセイ〉とか〈オメデタキカギリ〉と言われて蒲池先生は腹が立たなかっただろうか。蒲池がやらぬなら自分が〈冬の風〉を送ってやろうという気が満々である。同じ号の合評会では、鷹井珠美の歌に対し「石牟礼道子的な匂いがある」、森美代子の歌にも「石牟礼道子さんの影響がかなり強いように感じられる」などの評があった。追随者を生むようなかなり強い影響力があったことが分かる。

道子は一九五三年一月号から六五年四月号まで、二六八首を『南風』に発表した。ときには異色の歌で同人の度肝を抜いた。

〈狂えばかの祖母の如くに縁先よりけり落さるるならんかわれも〉

合評会で披露すると、同人らが一斉に〝引く〟のが分かったという。リアルで切実な歌なのは理解できても、情景があまりに凄惨で、どんな顔で評すればいいのか困ったであろう。

〈親と子が殴りあう日々に挟まれていて膝まずかねば神にも遠く〉

父亀太郎と弟一は険悪な関係が続いた。〈狂えば〜〉の歌と同様、自らの不幸をひとさまの眼前に突きつけるようで後味がよくない。

〈ばばさまと呼べばけげんの面ざしを寄せ来たまえり雪の中より〉

〈幼友らみな怖がり囲むもの狂いばばさまなれば掌をも曳きたり〉

〈雪の中より掌を引き起せば白髪をふりつついやいやをなし給いたり〉

祖母おもかさまを詠んだ歌三首。精神の均衡を崩した盲目の祖母と一緒にいた経験は道子の孤独の魂の源泉のひとつである。歌わずにはおれないのだ。

一九五四年四月一一日、志賀狂太が服毒自殺した。狂太は道子が最も才能を評価していた歌友である。道子と同様、死にたがる人であった。過去四回自殺未遂し、五回目で目的を達したのである。前年七月号に狂太は「或る女」という詩を発表している。「或る女」とは道子のことである。道子にとっても、魂を合一するに足る相手だった。

〈クチヅケハイヤダトイイマシタ／ダエキヲフケツダトイイマシタ／ホウヨウ　ナンテナオノコト／オトコノニオイガイヤダッテー〉

口づけはいやだ。唾液が不潔だ。抱擁などなおさらいや。そもそも男の匂いがいやだというのである。しかし、とにもかくにも道子と狂太は口づけや抱擁の寸前まで行ったのだ。道子の方でもその気にさせる素振りがあったはずである。

いざそのときになると、さっと身を翻す。〝寸止め〟の女性と言われてもやむを得ないだろう。狂太からは「一緒に死んでくれ」と何度も言われている。応じなかったのは息子の道生がいたからである。自分より大事な存在ができるとは思ってもみなかった。

『南風』五四年七月号は狂太追悼特集を組んだ。〈失意中僅かに保つ誇りぞも未明の街に降るさざれ雪〉〈我が爪に深く食い入るくろき垢春深む夜の酔にきたなし〉など五首を掲げる。その余白に道子は書いた。

〈他の歌人たちと共に一夜を明かした部屋に、酔ってひっくり返り、指をかざしてみていた、失業者然とした姿を想い出します。その時私たちに彼は毒薬の壜を振ってみせ、それを取りあげると、子供があまえるようにすねた後、渡して「まだあと半分、持っているんだ、うちに」と言い、皆をしらけさせたのでした〉

『南風』短歌会メンバーの桃原邑子は書簡体の「石牟礼道子論」で道子の「魔性」に言及している。〈それにしても、志賀さんにしろ中村妙さんにしろあなたにつながる人が相ついで自殺したという事にもあなたの―悪くいえば魔性、よくいえば魅力というものによるのではないかと思われます。それは、あなたの歌の中にいつも一貫して流れている異常な妖麗さになっていることでわかります。危げな袋小路に自分を追込んで、あなたの言葉を借りていえば自分をきしませている余りにも自虐的なものが表面に浮き出している歌が多い事です〉

〈中村妙〉とは狂太のあとに自殺した水俣の女性歌人である。道子の信奉者だった。狂太も中村も道子が死に誘ったわけではないのだが、桃原がそう書きたくなるような「魔性」の雰囲気を道子が漂わせていたのは事実のようである。〈異常な妖麗さ〉は〈自分をきしませている余りにも自虐的なもの〉を代償にしていると桃原は喝破している。

その頃、水俣は「奇病」に震撼していた。一九五六年五月一日、新日窒水俣工場付属病院長の細川一（はじめ）が水俣保健所に原因不明の中枢神経疾患四人発生と報告。水俣病発生の公式確認となった。『苦海浄土』第二部で精細に描かれた田中実子は四人のうちの一人である。水俣を撮った米国人写真家ユージン・スミスの最も愛した被写体が実子だった。

一九五七、五八年にチッソ水俣工場に勤務した岡本達明（『水俣病の民衆史』著者）は、〈当時の道子さんは目のきれいなふつうの主婦で、この女性が後に巫女めいた作家になるとは夢にも思わなかった〉と回想している。道子には主婦としての顔とは別に、「魔性」を漂わせた表現者の顔があった。

それから一〇年後の一九六八年四月七日、『南風』を離れて久しい道子に案内状が来た。以下のように日記に記した。〈カマチ先生　出版記念会。ゆきたけれど、人々にあって何を話したらよいか。まったくゴーモン。迷いに迷っているまに汽車におくれ、祝電を打って気分おちつく。堀川ふみさんに電話、なつかし〉

片仮名で〈カマチ先生〉と書いているところに、敬愛と軽侮が混じった複雑な心境がうかがえる。次に道子が蒲池正紀の名に接するのは翌六九年である。同年一月刊行の『苦海浄土　わが水俣病』が熊日文学賞に選ばれた（受賞辞退）。選者の一人が蒲池だった。

道子の人生の重大な局面には必ず伴走者があらわれる。道子自身を壊しかねないドロドロした「魔性」の情念を整序し、創造的エネルギーに変えてしまう。

最初の伴走者は徳永康起である。代用教員吉田道子の指導教官だった徳永は教え子との手紙のやりとりを好んだ。道子は、戦災孤児を自宅で世話した経緯をつづる。徳永はその手紙をとっておいた。『苦海浄土』が出て、石牟礼道子が吉田道子だと知った徳永は手紙を保存していることを道子に告げる。これが『タデ子の記』である。作家志望者がねじり鉢巻きでウンウンとひねりだしたのとは違う。道子は「作品」を書こうとしたわけではなかったのだ。『サークル村』（一九五八〜六一年）で伴走者の役割を果たしたのは上野英信や森崎和江である。森崎は旧知の谷川雁の同棲相手だ。森崎が得意とした「聞き書き」という方法は、描く対象に成り代わって一人称で語る。対象の「私」と作者の「私」が交錯し響き合う。女性炭鉱労働者に乗り移られたかのような森崎の語りは、ノンフィクションに見えてフィクションに限りなく近い。客観的に描くにせよ、その言葉の配列は主観的にならざるを得ないからである。一見単調な「聞き書き」は実は重層的な深みが魅力だった。

個人的懊悩を呪詛のごとくノートに書き連ねていた道子にとって、森崎の方法は目からウロコだったろう。水俣病患者に憑依するかのごとく患者の独白体で仕上げたのが「水俣湾漁民のルポルタージュ　奇病」（『サークル村』六〇年一月号）である。患者の孤独と自らの孤独が共振するような手応えを得た。

一九六六年六月二九日から一一月二四日までの約五カ月間、道子は東京・世田谷の橋本憲三宅（森の家）に滞在した。高群逸枝伝を書くためである。「海と空のあいだに」（『苦海浄土』初稿）の仕上げを行ってもいる。平塚らいてうにも会っている。

発端は道子が六四年四月に逸枝に書いた手紙である。逸枝は手紙を読んだ。亡くなる二カ月前である。「どんな人なのか会いたい」と言った。六五年秋、逸枝の夫の憲三が水俣を訪ねてきた。「逸枝の勉強した跡をぜひ見てほしい」と言う。

高群逸枝（一八九四〜一九六四）は熊本県豊川村（現・宇城市）生まれ。二〇年に上京して平塚らいてうらの婦人解放運動に参加。三七歳の夏から森の家にこもり、女性史の研究・執筆に打ち込む。森の家は二〇〇坪の敷地に二階建ての洋館。家の周りにはクヌギやクリの木、スギなどの常緑樹が茂っていた。

橋本憲三（一八九七〜一九七六）は水俣市生まれ。逸枝と結婚後、家事一切を引き受け、『高群逸枝全集』一〇巻などの「専属編集者」として執筆や研究をサポートした。

逸枝の死後、水俣に帰郷し、一九六八年に『高群逸枝雑誌』を創刊。八〇年まで三二冊を出した。道子は編集その他憲三の相談相手となる。創刊号から逸枝の評伝『最後の人』を連載し、七六年まで一八回続けた。

憲三は逸枝の面影を道子に重ねていた。〈世の中に容れられない、下手をすれば世の中との確執に敗れてゆくひとりの女の姿〉を見たのである。

『最後の人』前半は憲三の独白体の文体が目を引く。

〈あなたの感触は、ぼくの肩と舌の上に、のこっています。／逸っぺ、あなたよ。なんて、やわらかい舌をしているのでしょう。ぼくはほとんど、身ぶるいが出ました。とても甘美でした〉

〈闇の中で、ぼくとあなたは、一対の静かな虫のようになって、あなたのベッドは微光を放っていた。そのようなとき、あなたの生命活動は、きれいな血のようにめぐりつづけて、この森をさえ、よみがえらせることができる〉

この通りに憲三は語ったわけではあるまい。『苦海浄土』と同じように、道子は憲三に憑依したのである。これほど愛欲の感触が濃厚に出たものは道子の文章の中でも珍しい。

ぼく（憲三）とあなた（逸枝）のむつみあいを第三者の道子が文章にする。憲三は、自分の語りをベースにしたものが道子の身体を通過してエロティックなものとしてあらわれているのを見るとき、深いところでつながっているという性的な感触に似たものを味わったであろう。逸枝の身代わりのような存在だった道子がぐんと近くなったはずである。

『最後の人』の連載は水俣病闘争と重なる。『苦海浄土』の場合はある程度下書きができていた。毎回、清書すればよかったが、『最後の人』にはストックがない。水俣病闘争に全面的没入をしながら、逸枝にも思いを向けるのは至難の業である。原稿はいきおい滞りがちになる。

憲三の道子宛て書簡の大半は原稿の督促である。

〈原稿のさいそくはいやですけれども仕方がありません。（中略）とにかくできている分があれば至急、できている分がなければ数日中にお届け下さいませんか〉（一九六九年）

〈例によってあなたの最後の人だけがまだつきません。大至急おねがいいたします。お原稿がこないと編集も完全にできず、印刷所へ送ることもできないわけです〉（同）

編集には校正がつきものであり、著者の指示を反映させねばならない。

〈高群雑誌第6号の校正が届きました。あなたの原稿が5行はみ出したのでどこかをうまく削らねばならなくなりました〉（同）

ときには休載もあった。道子は締め切りが来てから書き始めるタイプである。闘争で忙しく、にっちもさっちも行かなくなったのであろう。憲三の嘆き節である。

〈あなたの「最後の人」がなくて、大穴がぽっかりあいたようで、寂しさをどうすることもできません。これから校正がくるたびにこの寂しさ、いよいよたえがたいものになるでしょう〉（一九七〇年五月三一日）

道子に〝原点〟を思い起こさせようとする努力も憲三はしている。逸枝への深い思いが『高群逸枝雑誌』という形になったはずである。

〈高群ざっしはあなたと私の合意によって三位一体（彼女をまじえて）の象徴として創刊されました。これは私どもにとって神聖な誓約であり、あなたの原稿がなければ、刊行の意義はない。ざっしは一号でもあなたのものがなければ出すことができない。自殺行為になるから。（中略）原稿がくるまで、遅刊されることもいとわず、それがくるまで無限に待つほかはないということです〉

『最後の人』が載っていない『高群逸枝雑誌』などありえない。憲三の言うことは正論だが、志だけでは書けない。闘争に奔走する道子には物理的に時間がなかった。憲三はそこをなんとかしようと、〝原点〟を持ち出したわけである。

手紙のやりとりは憲三にとって道子と思いを交わす貴重な機会だった。編集作業が一段落しているときには胸にたまった構想を吐露してもいる。

〈森の家にあなたを迎えたこと、高群をつつんでのその意味とあの幻のような美しい生活、水俣の生きのともしび、それからその象徴としての二人の雑誌の創刊とつづく一連の思い出を、あなたが別のことでおっしゃった「この世ならぬ美しさ」で描きたい（あなたの助力をえて）、と真剣に思っていました。

　私はあなたの美と天才を感じていますし、不遜の語をゆるされれば、形容を絶した神秘的な愛情をいだいています〉（一九七〇年六月一七日）

〈形容を絶した神秘的な愛情をいだいています〉という言葉は尋常でない響きで道子の胸を衝いたことだろう。この時期は「水俣病を告発する会」のメンバーらが厚生省の一室を占拠する闘争を行った直後。道子の頭の大半を闘争の行方が占めているはずで、そのようなときにこんな手紙をもらった道子の困惑が目に浮かぶ。

　道子は当時四三歳。憲三は七三歳。分別もある憲三が三〇歳年下の道子に夢中になっているのである。道子を逸枝の身代わりとして愛しているのか、それとも石牟礼道子その人を恋慕しているのか、判然としない。おそらく両方であろう。

　あながち憲三の暴走とばかりは言えない。道子の日記には「K氏」「K先生」が頻出する。Kとはむろん憲三である。漢字で書く手間を惜しんだのであろうか。名を伏せる必要があったのだろうか。ともあれ道子は憲三としばしば面会し、折々に憲三が発した言葉なども日記にちりばめている。

〈K先生、案の定おかぜなり。一昨日道子宅にみえられての帰途寒気がしたとのこと〉

〈K先生「ゆうべは寝はぐれ、彼女の孤独の質とその深さをおもいやり、自分ははたして彼女の孤独にどれほど相寄りえたか、索然たるものがあり、まんじりともせず明かしました」〉

〈高群逸枝にしても、K氏にしても、その才能というより存在がわたしをうつ〉

恋人の動静を書き留める乙女のようである。もともと道子には少女の頃から〝魂の邂逅〟へのあこがれがある。尊敬している憲三の動静は気になった。〈神秘的な愛情〉を抱かれる素地を道子は連日せっせと作っていたのだ。

しかし、道子から見た憲三は、結局は「憲三先生」である。師匠であり、文学的先達であるが、恋人ではない。二〇一三年一一月、道子の水俣市の旧宅が取り壊された。屋根から瓦が滑り落ちたとき、作業を見守っていた八六歳の道子が「憲三先生からいただいた瓦が……」と呟いた。瓦は憲三が石牟礼家に贈ったものだ。

憲三は逸枝伝を書く道子のよき導き手だった。逸枝の気配を濃厚に湛え、ときには道子の中に逸枝を見る憲三と一緒にいると、自らを焼き尽くす情念の炎が水田の用水路のようにサラサラと透明に落ち着き、前向きのエネルギーとなって筆の先に宿るのを覚えるのだった。年長の男の自分への恋情は十分に承知しながら、逸枝伝に集中することで思念を浄化し、世俗的感情を封じ込めていったのである。

この頃、水俣病患者支援の動きが具体化しつつあった。一九六八年一月、水俣病市民会議（当時は水俣病対策市民会議）結成。発起人は道子のほか、日吉フミコ、松本勉ら。チッソの社員でありながら市民会議に加わった田上信義のような人もいた。理由を問われた田上は「人間そのものの奪還だ」と答えている。

市民会議結成から三カ月たった頃、一人の患者がこんなことを言った。

「なぜ、この市民会議をあのときつくらなかったのか。我々はどこにすがればいいのかわからなかった」。「あのとき」とは一九五九年一二月。患者家庭互助会はチッソと「見舞金契約」を結ぶ。「今後原因が工場排水と判明しても追加補償を要求しない」という条項を含み、七三年の判決で「公序良俗に反して無効である」と批判された。

〈大人のいのち十万円／子どものいのち三万円／死者のいのちは三十万円／と、わたくしはそれから念仏にかえてとなえつづける〉(『苦海浄土　わが水俣病』)

「海と空のあいだに」書籍化の作業は進んでいた。上野英信の仲介で講談社から出すことが決まっている。道子にとって初の単行本である。

英信からハガキが来た。一九六八年一一月二五日の消印である。

〈先日、上京中、講談社に寄りました。あなたの原稿が全部入ったとて、加藤課長も吉田女史も、とても喜んでいました。私もほっと胸をなでおろしました。なんだかゴーカンしたみたいで、苦しい思いですが、どうぞお許しください。

「海と空の……」というタイトル、一考を要すると思います。独立した一冊の記録のタイトルとしては、少々イメージが弱い感じです。もうひとふんばり、考えてみてはどうでしょう。とにかく、一月を楽しみにしております〉

「海と空のあいだに」という題名を変更してはどうかというのである。作家として実績を重ねている英信の現実的な提案である。講談社の営業サイドの意向もあったのかもしれない。たしかに

「海と空のあいだに」では何をテーマにした本なのかが分からない。仮にこのまま題名にするとしても、「水俣病」という文字が入った副題が必要になってくる。

道子は愉快でなかったようだ。〈書名変更のこと、ユーウツ。イヤダ　イヤダとおもう。しかしがまんして考えよう。筑豊ゆき気になっているがこれもおっくう。晴子夫人おめでとうとおっしゃるけれど、ありがたけれど、虚脱感はなはだし〉と、一九六八年一二月二日の日記に書いている。

〈筑豊〉とは英信の住居兼集会場「筑豊文庫」のある福岡県鞍手町のことである。谷川雁と訣別後、英信夫妻は福岡市茶園谷に居を構えていたが、再び筑豊に出て来ていた。英信の妻の晴子は道子の同世代で、森崎和江を含めた三人は肝胆相照らす仲であった。気心の知れている上野夫妻の招きをも憂鬱に思う道子がいる。夫妻がうとましいわけではない。祝ってもらうというそのことが自分ごときにという自己嫌悪を誘うし、相手への気兼ねもあり、憂鬱なのだ。書名変更は〈ユーウツ〉で〈イヤダ　イヤダ〉なのだが、出版への道を開いてくれた英信の提案は無視できない。

「海と空のあいだに」というタイトルに道子はどのような思いを込めたのか。

ここに「天の病む」というテキストがある。石牟礼道子編『天の病む――実録水俣病闘争』（一九七四年）の巻頭に置かれている。「空＝天」「海＝生命」の視点から「海と空」を語っている。道子の胸の内を知るに絶好だ。闘争が一段落したときだからこそ、闘争前、闘争中のモヤモヤした衝動を相対化しうる。

〈まったく、空と海の美しさだけからいうと、水俣、この不知火の海というものは、古代ギリシャの海にも匹敵する、いやそれよりは、なんという繊細な海岸線のたたずまいだろう！　と、ここを訪れはじめた異国の旅人たちはいいます〉

例によって人を食った書き出しである。いきなり「古代ギリシャ」である。「異国の旅人」とは一体だれのことか。米国人写真家、ユージン・スミス？　海がどんなに残虐ぶりを発揮したとしても、〈永遠なる天〉たる空の下、生命は太陽と共にあることができた。「天」さえしっかりしていればなんとかなるのである。

ところが水俣、不知火海は、水俣病事件という〈未曾有の受難史〉を背負うことになった。最後の太陽が〈みえない永遠というものをゆっくりと灼いています〉。人々の生活など知ったことか。〈親代々にさかのぼる全生活、全日常の埋蔵量〉がないがしろにされた。効率・利益至上の近代社会の到来である。〈祈るべき天とおもえど天の病む〉という事態になった。

「海と空のあいだに」とは、生命とその信じるべき天とのあいだに身を置くという意味であろう。水俣の渚でも闘争の現場でもいつも道子はそうやってきたのだった。しかし、道子以外の人にとって、「海と空のあいだに」は曖昧な言葉でしかない。意味不明ですらある。それは道子も重々承知しながら、一人くらいは「海と空のあいだに」がタイトルにふさわしいと賛同してくださる方はいないかしら、とこっそり周囲を見渡してみる気持ちでもあったのだ。

『海と空のあいだに』という題名にはよほど愛着があったらしく、一九八九年の歌集のタイトルにこの名をつけた。収録作に「海と空のあいだに」という文言が入る歌はない。『海と空のあいだに』という言葉を残したかったんですね」と晩年の道子に私は聞いた。「そうです。はいはい」といつになく大きくうなずいたのを、よく覚えている。

水俣の道子の家で『苦海浄土』という題名が決まった。筑豊から英信も来た。道子は「私と上野さんとウチの先生（夫の弘）の三人で決めました。上野さんが〝苦海〟を提案し、〝苦海であれば浄土はどげんや〟とウチの先生が言う。面白い。決まるのに五分もかかりませんでした」と語ったものだ。早速英信によって講談社に伝えられた。

道子の六八年一二月一八日の日記。

〈上野さんよりデンポウ。デンワかける。講談社、「販売部がホレて」「苦海浄土」にきまった由。おめでとうございましたと晴子さんからいわれる。なぜちっとも嬉しくないのか。すこしは義理にでもよろこびを表現すべきなのに〉

〈デンポウ〉はハレの行いである。上野夫妻は心から喜んでくれている。道子も喜びたいが、喜べない。〝生まれつきの虚無感〟としか言いようのないものが道子の心を曇らせている。タイトルが決まった。本ができる。だからどうした、と思ってしまうのだ。

道子は不本意だという気持ちを、同日消印のハガキで、親しくなり始めた渡辺京二に伝えている。文中の「石先生」は夫の石牟礼弘である。

〈本は、一月二十日できるらしいです。ガンバリましたが、「苦海浄土」という題になりました。上野さんと石先生がショウチュウのみながら、私のお経の本をもてあそび賞金五万円などいいながら、いいならべ、その中からいいカゲンにつけ、販売部で気に入って、きめられてしまいました。いやでもおうでも冥せざるをえません。おととい、あとがきなるものをかき送りました。忘れていたわけではなく、すっかりおっくうになって。このごろ「ふてね」というやつをやって目をやすませています〉

筑豊文庫で出版のお祝い会が行われた。上野夫妻、道子、森崎和江らがそろう。道子はハレの着物を着ている。晴子が赤飯を炊いてくれた。〈小さい時七五三の時にたいてもらったけれども、それから後、人さまにそういうことされたことないわけでしょう。ほんとうに涙こぼれた〉と道子は述懐する。

道子は英信と東京の講談社に行くことになった。著者なのだから一度は版元に行って当然である。しかし、現世の約束ごとに疎い道子が一人で公の場に出かけていくとは思えない。英信が同行することになった。ここで微妙な問題が生じる。道子は当時四一歳。英信は四五歳。東京行きの日程は一週間である。二人きりの旅行はお互いの家族など周囲に疑心暗鬼を広げないだろうか。

一九七三年七月に道子はこのときのことを回想している。

〈それで晴子さんに留守させて。私は上野さんと二人で東京に行った。私は心配なのです。ちょっと考えれば、普通の奥さんだったら、これは心おだやかならないことじゃないかしらと。私、上野さん好きですものね。男のなかの男ではないかと思っているし、上野さんだって、いやな女なら連れて行ってくださらないでしょうから、何かきっかけがあれば、どういうことになるかわからないでしょう。私、決してこれ以上に、上野さんを好きになってはいけないと、もう固く決心いたしました〉

〈私、決してこれ以上に、上野さんを好きになってはいけない〉という発言は穏やかではない。この場合の「好き」には恋のニュアンスが感じられる。英信の方でも恋文まがいの手紙を道子に送るなど異性としての道子を好ましく思っていた。『苦海浄土』出版に尽力したのは文学的価値を認めたからであり、その熱情に恋情が混じる余地はなかった。しかし、〈何かきっかけがあれば、どういうことになるかわからない〉という気配を英信もまた漂わせていたのである。

〈誓いを立て立て、一週間お伴をして晴子さんのところに行きまして、ただいま帰りましたとごあいさつしました。朱（あかし）君という息子さんがいるのです。朱君はたぶん心配していたんじゃないかと思う。晴子さんはどうかわからないけれども。帰ったときの表情では朱君のほうが心配していたんじゃないか。お母さんが留守を守っているわけでしょう。よそのおばさんとお父さんが東京に行っているわけですから。朱君が非常にほっとした顔しました〉

〈朱君〉とは夫妻の一人息子で当時一二歳の上野朱。父親と道子が無事に帰ってきて、少年はさぞかしほっとしただろう。妻の方はどうなのか。「英信さんが好き勝手できたのは晴子さんのおかげです」と述べるなど晴子びいきの道子だが、恋愛がからむとどうだろう。友情より恋を優先することはないだろうか。

　英信と道子が東京から帰った場面を想像してみる。筑豊は昔も今も交通の便が悪い。幾度の鉄道の乗り換えや徒歩をへてようやく帰宅する。「今帰りました」「おかえりなさい」と型通りのやりとりがまずあっただろう。道子と晴子が喜び合う様子も見えるようだ。しかし、なにしろ、英信と道子は一週間も一緒にいたのである。この際、平気な顔はどうしても欺瞞であり、どぎまぎした方が自然だと思われる。何も気にしないような顔をしている晴子にもモヤモヤした気分がないとは言えない。平静を装っていても、英信か、あるいは道子の方で晴子の胸の内を勝手に想像し、その気配は晴子にも伝わって、どこか重苦しい雰囲気が家中を蔽ったのではないだろうか。

暗雲を一掃したのが晴子の琴である。

〈「何年ぶりかでお琴をひいてみましょう」〉

もんぺ姿の晴子は前掛けで手を拭き、琴のほこりを払った。あかぎれ跡のある指に琴爪をはめた。笑みを浮かべて「六段の調」を弾く。

何を私がこだわるものですか。この晴朗な音をお聴きくださいませ。一点の曇りもありません。どうぞ心お安らかに——晴子は言葉よりも琴で雄弁に語ってみせた。

英信もまた晴子のいじらしい心根を即座に理解した。

〈上野さん、わたしと離れた暗いところで端正に正座して聞いていらっしゃる。なんという奥さまをおもちになったご亭主だろうと思いまして、ふうっとそちらをうかがいましたら、暗いなかにきらりと目のところがうつくしく光りまして、ほそい指を立てて涙をおふきになるの、見てしまいまして〉と道子は書く。

英信は妻を誇らしく思った。

〈「ぼくもひさしぶりに石牟礼さんのおかげで晴子の六段を聞きました」〉

平和宣言である。モヤモヤは消えていた。上野家の三人は肩の荷をおろしたようなホッとした表情である。魂が一体化したような情景に道子も深い安堵を覚えた。

徳永康起、橋本憲三、上野英信……。伴走者のバトンは受け渡されてきた。最終的なパートナーとなったのは渡辺京二である。道子と京二が初めて会ったのは一九六二年の新文化集団の会合だった。あまり言葉は交わさなかったが、詩人や作家志望者の指導者的存在であった渡辺の、黒々と勢いよく盛り上がった髪と、なつかしさをかきたてる黒い眸が道子の印象に刻まれた。

『苦海浄土　わが水俣病』出版（一九六九年一月）前後、水俣病患者を取り巻く状況は切迫していた。六八年九月、国は水俣病を「公害」と認定。患者らは加害企業チッソに補償交渉を申し入れる。

チッソは直接交渉を拒み、厚生省が第三者の仲裁機関設置を提案。患者から「仲裁を依頼する」という確約書を取って回る。その確約書には「結論には異議なく従う」という文言があった。〝一任〟である。水俣病問題を早期に収拾しようという意図が露骨に透けて見えた。

道子は、市民会議以外に、機動力のある患者支援組織づくりにとりかかった。魂のカウンターパート、支え合う〝魂のかたわれ〟を夢想する道子には、水俣実務学校のときの初恋の男の子の、スイカの種のような切れ長の目が思い出されてならなかった。

チッソの廃水に有機水銀が入っていると分かっていても、漁民以外の大半が廃水の海への放出の続行を求めるという、会社第一の土地柄である。大の虫を生かすためなら小の虫は切り捨ててもやむを得ない、そういう暗黙の了解があるのだろうか。孤独の思いが強まると、おぼれた人のように、すがりつく異性を求めてしまうのかもしれない。

夜明けでも夕暮れでもない、安穏や絶望からも遠く、いわば、悲劇の谷間に宙づりにされた、幽明の地、水俣。寂寥のただ中、悶えながら道子は、思い切って、「心をたたいてみよう」と決めた。あの少年と同じような目をした人なら応えてくれるのかもしれなかった。

2　京二の章

「あなたは、お城の石垣ば、ご覧になったことはありますか」。二〇一四年春頃、石牟礼道子に尋ねられた。リハビリ病院の一室である。パーキンソン病の発作に見舞われた道子は金縛りに遭ったようにベッドに横になっている。呼吸する器官まで不随になる様子で、ハー、ハー、と息も絶え絶えである。

「お城の石垣」と聞いて、「どこの城の石垣ですか？」と聞いてしまった私がいた。熊本城以外にはありえないのに、本当に気が利かない男である。発作が昂進したか、応対のまずさで興が尽きたのか、道子は黙ってしまった。あのとき、「はい、石垣を見たことあります」と普通に答えればよかった。小さい頃からの石体験を語ってくれただろう。

石。なんと武骨で殺風景なものを道子は愛したことだろう。天草の石工の里下浦をルーツとする石工の家に生まれた。熟練の石工や石工修行の少年らに囲まれて育つ。祖父の吉田松太郎が率いる吉田組が普請した神社の鳥居や各地の石橋など石は身近にあった。二十歳での口べらしの結婚は不本意だったが、石牟礼という姓は「武者んよか（恰好がいい）」と喜んだ。習作時代に石道子というペンネームを用いたこともある。

〈わたしというものは、天草という離島の風土や、習俗、ものの感じ方、考え方で成り立っているらしい〉（「まならの島」）。そう書く道子にとって、骨身に徹するものである石は、彼女を語る上で、名状しがたいなにものかだった。

「石は年月そのものだ」と父亀太郎は幼い道子に語るのだった。熊本城のふもとで巨大な石垣を二人して見上げていたときのことである。石は年月であり、呼吸すらする。交錯する生と死の象徴が石なのか。石は石で何も語らない。砕石作業で粉まみれになった父の手の方がよほど雄弁なように思われた。

〈黄金の言葉をここに／書きたいと彼女、逸枝は／云ったという。／しかし　私の言葉は——／自ら壊さんとする石の言葉に／ちがいない。〉

　唐突に出てくる「石」に私の目は釘付けになる。一九五九年の道子の日記帳に書かれた文章だが、高群逸枝の名前が出てくることと、東京滞在時であるらしいことから、五九年に書いたものでなく、高群逸枝の「森の家」滞在中の六六年六〜一一月に書かれたと推定される。引用したのは日記帳の中扉裏に書かれた文章。日記全体の前文のようなものだ。本文に相当するのが以下の詩編である。後半、「石」が出てくる。長くなるが引用したい。

〈静かな憂愁がやって来た。／朝の霧はこのごろ、この森の樹々の下沈んでどこまでも這う。舗道にこぼれでて、みかけだけ閑雅なこのあたり一帯のドブを完全にかくす。／それからやがてにぶい陽が樹々の梢にさす。／／現世的なものたちとの訣別がやってこようとしている。／いつでも終ることのできる対話を私はくり返す。それがわずかばかりの、この世の秩序に対する私の奉仕だった。／／私のながい間の、もうすっかり忘れかけてさえいる憂愁は、この世にある境界、塀のたぐいだった。なんと人々はその中にとらわれて生きていることだろう。／塀も、その中にいる人々でさえ、私にはかおにかかるくもの巣のようなものだった。原始はもはやどこにもない。／／しかしまだ私には歩くことが出来るのだった。／／街を歩く。狭められた小さな畦道を歩く。／ふいに汽車の汽笛に遭う。脳天を突き抜けるような汽笛が、私はきらいではない。／あれは、何かを断ち切る。／船をみる。それから電車も。／しかしそんなことはすぐ忘れてしまう。／歩けば塀も人々も境界もなくなってしまう。／つまり私だけが、原始そのものになってしまうのだった。／するとあの、太古の精霊たちがかえってくるのだ。／光や闇やモヤや樹々や、露や、横たわっている石の精霊たちが、遠ざかってゆく太陽と、あしのうらの深い地層の中から、かえってくるのだった／／私はどこにも腰かけないで、歩いていく（後略）〉

道子は森の家に寝泊まりしながら、『苦海浄土　わが水俣病』を書いている。初稿「海と空のあいだに」を一章ずつ仕上げては、熊本で待ち受けている編集者の渡辺京二に送っていたのだった。逸枝の死後、「森の家」には夫で編集者の橋本憲三が独り残り、残務整理をしている。道子は逸枝そっくりなのだ、と憲三は言う。

〈彼女の霊を感じる。／彼女の遺品—ボーシとオーバー　着てみよとおっしゃる、そのとおりする。／よく似ているとのこと。感動。〉（「石牟礼道子日記」一九六六年七月五日）

水俣病闘争直前である。詩編は、「憂愁」を抱えながら、いかに生きるかがテーマとなっている。静かな、あくまで冷静なトーンを保ち、詩全体の印象としては、闘争前夜の秘かなるファンファーレという趣である。闘いに赴く道子を助けるべく、闇で眠っていた「石の精霊」がむっくり起き上がって、加勢をする。

「石の精霊」という言葉には道子の分身というニュアンスがある。水俣病闘争で道子の参謀として加勢したのは渡辺京二である。道子の初の著書『苦海浄土　わが水俣病』の渡辺の解説は石牟礼文学を知るための死活的に重要な文献として広く認められてきた。渡辺がアタマで物事を進めるタイプの書き手であるなら、アタマより先に身体的に物事に没入する石牟礼の理解は十分に至らなかっただろう。渡辺を「石の精霊」と呼びたい誘惑にかられる。

「渡辺京二日記」を読んでいると、ときどき、オヤと立ち止まらざるを得なくなる。それは以下のような記述によってだ。

〈最近、バスにのると必らず、無作法、無神経きわまる男女にのりあわせ極めて不快。恐怖に近し〉（「渡辺京二日記」一九七三年七月二〇日）

〈何も近頃のことではないけれど、街で見る青年たちにはほんとうに呆れる思いをする。慎しみというものが全くない、自分をよほど特別なものと思いこんでいる表情や動作には、おどろきを覚えずにはいられない。若い女たちも全く同様だ〉（「渡辺京二日記」一九七五年七月二三日）

〈世相はどんどん悪くなる。ニセモノが栄え、いやな人間ほどわがもの顔に横行する。何のためなのか〉（「渡辺京二日記」一九七五年一一月一日）

どこかでこんなトーンの文章を読んだことがある。記憶を探ると、石牟礼道子の日記である。先に引用した文章を石牟礼道子のものだといっても、読む人はさほど不思議に思わないだろう。鋭敏であれば苦しいものだ。誠実に生きているからこそ、愚痴りたくなる。
〈自分の奥さんのみならず、よその奥さん、またはふつうの奥さんになるであろうレストラン従業員に対する態度は食器運び人、つまり単なる接待婦にものを云いつける態度である。私はこのような場合にそうぐうすると、じつに居心地が悪くなり、苦しめられる〉(「石牟礼道子日記」一九六七年一一月二〇日)
〈成人式のムスメたち。なんともウツロなふり袖姿のハンラン。髪も化粧法もオビもみんなおんなじ〉(「石牟礼道子日記」一九六八年一月一五日)
日記は魂の表白であるのだから、不快な感情、世間への異議申し立て的な文言を書き留めることなど珍しくない。それはそうなのだが、哲学的、文学的、思索的記述と、どうにも抑えられぬ世俗的ぼやきが同居した道子と京二のような日記はそう多くはない。両者ともたんなる覚え書きでなく、推敲をへた活字に堪えうる文章である。
「生まれたとき以来、この世とはうまくいかないと思っていた人だから。赤子のときはいっぺんぐずり泣きし始めたら、火がついたようにずっと泣いていて、けいれんが起こるまで泣きやまなかったそうだから。引きつけを起こすような泣き方をしてきた人なんです。生まれてきて文句を言っている。ここは私の生まれてくる場所ではなかったと文句を言っている。この世との異和感。普通の人はうまくやっているのに自分一人うまくできないという疎外感。道子さんはずっと孤独を抱えてきた」

京二は言う。しかし、孤独をかこつ終末的な感覚、生活のあらゆる局面での喜怒哀楽の振幅の大きさにおいて、京二も道子におさおさ劣らない。道子にことよせて自分のことを語っているのではないか、と思ってしまうほどだ。つまり私は、二人はよく似ていると言いたいのである。

道子と京二の生がクロスしたのは一九六二年だ。「道子の章」において、道子の中年期までの足跡を記した。一九二七年、熊本県天草郡宮野河内（現・天草市河浦町宮野河内）。道子の生誕年と生誕地が水俣病闘争の源流のひとつとなった。

もうひとつの源流を求めて、渡辺京二の半生を追わねばならない。


渡辺京二は一九三〇年八月一日、京都府紀伊郡深草町（現・京都市伏見区深草）で生まれた。父は渡辺次郎。母はかね子。実際の誕生日は九月一日である。日活の活動弁士をしていた次郎が間違って届けたという。京二には一二歳上の異母兄、實（みのる）がいた。京都で誕生した渡辺家二番目の男子は「京二」と命名された。

父母は一九二二年に結婚した。苦味走って貫禄のある顔の父と、美人で人当たりのいい母。父の芸名は渡辺春波という。春波は一九二四年に博多喜楽館の弁士となる。福岡の活動弁士番付で関脇あたりにランクされていたという。華やかな才人であった。

このあと一家は京都へ移る。次郎は同年春に京都帝国館の弁士となる。この時期に京二が生まれたわけである。トーキーの出現で失職した次郎は一九三二年、新天地を求めて大陸の日本領関東州大連に渡る。その際、次郎はかね子の実家がある熊本市上林町へ妻子を帰した。一九三八年、映画館の支配人をする次郎を追って、妻子も中国・北京に移住した。

三六年二月に次郎が熊本の家を訪れたときのこと。小学校へあがる前の京二が新聞の見出しを「クーデタ発動」と声に出して読み、父が「神童」だと驚いたことがあった。

〈見出しには「勃発」とあったのだが、「勃」がさすがに読めなかったので、「発動」と読んで間に合わせたのだ。むろん報じられていたのは二・二六事件である〉（『父母の記――私的昭和の面影』）

一九四〇年四月、渡辺一家は大連へ移る。女性関係が奔放だった次郎はあまり家にいなかった。しかし、家族を連れて、大連大広場のヤマトホテルで食事をすることもあった。ひと家族のテーブルにボーイがひとり、かしこまってついている。

石牟礼道子の母ハルノの妹吉田ハツノは熊本・水俣から大連に渡り、ヤマトホテルでメイドをしたことがある。渡辺一家に給仕した可能性がある。接触がなかったとしても、大連に同時期住んでいた事実は動かない。道ですれ違ったことはあったかもしれない。ハツノはその後帰郷し、料理や服飾に堪能な「ハイカラな叔母」として道子に影響を及ぼす。ハツノの「裁縫帳」（裁縫のオリジナルな手順を書いたノート）は向学心に富む道子のバイブルになった。

大連は、開放的で先進的な人工都市だった。レンガ造りや石造建築など町並みは西欧化されていた。大連在住の日本人の中学生や女学校の生徒は、修学旅行で下関を訪れた際、一般の住居の粗末さに驚いたという。大連では清潔で機能的な高層ビルが日常の風景だったからである。

渡辺京二によると、戦況の悪化も大連の日本人には体感として伝わらず、終戦となって初めて祖国の荒廃を知った。京二の大連のイメージは以下のようなものだ。〝大連体験〟を十分に言語化できる年齢になってからの記述である。

〈自分の立っている一点から全市街がひろがっているという感覚。それはほとんどロマネスクだ。全市街が渾然と結びつき、それぞれの部分が生の輝きをもち、物語がその一角で始まる。そういう感覚が私をとらえた。それは大連で私をつねにとらえていた感覚であり、私は自分の住んでいる街と自分とがそういう感覚でつながれていることにいつも憧れを感じていた〉(「渡辺京二日記」一九七五年一月二三日)

物と物が結びついて新しいものが生まれるダイナミズム。交通の要衝でもあった大連はそこに住む者も不断に更新するコスモポリタン的創造都市だった。感受性豊かな少年らは新しく先鋭的なものに魅かれた。

南山麓小学校四年のとき、大人になったら何になりたいかと先生から問われた京二は「航空機設計技師」と答えた。「お前は手が不器用だから、技師なんて向かない」と母は言ったが、「航空機を設計するのに必要なのは航空工学の知識と構想力で、手が器用かどうかは関係ないよ」と京二は思っていた(「私は何になりたかったか」)。

海軍、軍用機に夢中になった。日英米の戦艦、重巡洋艦の艦名、トン数、主砲の口径、門数を覚えており、『海と空』という大人向けの軍事月刊誌を購読した。大人になってから京二は「海と空のあいだに」という石牟礼道子の作品と運命的な出会いをする。『海と空』とは、いかにも予言めいた誌名である。

将来の夢を「航空機設計技師」と答えたのは気まぐれではなかった。世界一の戦闘機を作ろうと本気で思っていた。長じて〝文章の職人〟と自称した京二には、構築することへの確固たる意志が幼少からあったのだろう。〈設計するだけではなく、私はその無敵の戦闘機にのって自ら戦うつもりだった〉（同）。自ら戦う。成人してからの水俣病闘争においても、闘争の理念を機関紙などに披瀝するだけでなく、座り込みやデモ行進を再三おこなうなど実践に身を投じた。

南山麓小学校から大連第一中学へ進む。中二のとき、〈私は何かになろうという気がなくなった〉（同）。文学との出合いである。意識的にか無意識的にか、内面的な孤立を深めてゆく。〈文学をやりたい、詩を書きたい、文章を書きたいというのは、真の人間として生きたいということで、何かの職業人になることではないのだ〉（同）

成人後、自費のリトル・マガジンを次から次に出し、中年期以後は石牟礼道子の編集者として半世紀を生きた。少年の日の思いを実践してきたのだ。〈悪戦苦闘だったし、思うところの半分もやれなかった。闘いの一生だったとは言える。（中略）別な人生を歩むかと言われたら、やっぱり同じような人生になるだろうね。結局、僕は思想運動や文化運動みたいなことをずっとやる定めだったように思う〉（『アルテリ』七号「渡辺京二　2万字インタビュー」）と八八歳の京二は述懐する。

〈文学をやる人間というのは、イメージとしては世捨て人に近かった。世間の外に生きていて、しかし人間がなつかしく、人界の周りあたりをうろうろして一生すごす人間、一所不住の漂泊の人というイメージだった。子ども心にもこの世はむつかしい、ひとの集団というのは厄介だと、ずっと感じ続けていたことの結果だったろうか。そして安住の地を得た。それが詩の世界文学の世界だった。文学は私を人外境に連れ出すと同時に、人びとの集いの真中へ導くものだった〉（「私は何になりたかったか」）

文学は孤独を伴う。京二が興味深い話をしている。一九六五年に熊本市の小さな書店に勤めた頃の回想である。

〈半年ぐらい勤めたかな。そこのおばちゃんが僕のことを気に入ってくれて、「私は長く店をやらないから、この店をあなたに譲ってもいいわ」とも言ってくれていた。でも、やかましいおばちゃんで、僕は半年で耐えかねて辞めたんだけどね。そのおばちゃんが言ったことで今でも覚えていることがある。「渡辺さん、あなたは大変愛想がいい。自分でも人に愛想をよくしているつもりでしょ。でもね、壁のようなものを作って人を絶対自分の中に入れない。それは人に分からないと思っているだろうけど、ちゃんと分かるのよ」と言われたんですよ。そう言われて「はあ、そうなのかな」と思った。だからと言って反省してどうってことはなかったけどね〉（『アルテリ』七号「渡辺京二　2万字インタビュー」）

率直に言うなら、〈壁のようなものを作って人を絶対自分の中に入れない〉とは、渡辺に対して多くの人の抱く印象ではないだろうか。少なくとも私はずっとそう感じていた。ポーズといってしまうには、もっと深く渡辺という人の存在に根差した態度のように思える。私は二〇一九年五月二二日、「渡辺さんご自身がずっと記憶しておられた〝おばちゃん〟の言葉は、ご自身の孤独に関することなのでしょうか」と聞いてみた。

　そういう問いに、いかに素知らぬ顔をするかにオレの人生はかかっている、とでも言わんばかりの風情で渡辺は口を開く。「文学をやるというのは、孤独になることです。自分の世界を作り、家族や親しい人たちとも一線を引くわけだから。その線を〝壁〟と呼ぶのかな。特別な話ではありません」と言うのだ。先に引用した〝おばちゃん〟の渡辺評には、渡辺の今の説明では解消できない過剰な何かが含まれていると感じたが、これ以上どう突っ込めばいいか分からず、私は沈黙した。おばちゃんの言葉は当の渡辺が紹介しているのだ。なのに、突っ込むと、含羞のゆえか、素知らぬ顔で一般論にしてしまう。

「なんでも聞いてくれ。なんでもしゃべる」と渡辺は言い、実際、何を聞いても話してくれるのだが、八八歳の現時点での意識が前面に出てくるのはやむを得ない。当時の意識とは微妙にずれているのではなかろうか。微妙だが、このずれは決定的だ。言い換えると別人なのだ。当時、彼が書いたものを見るのが一番である。渡辺のことを知りたい人にとっては超弩級の第一次資料たる日記から引く。四四歳時の自己分析の手記である。

〈四十をすぎて、私にとっては自分の性癖がいよいよどうにもならぬものになって来た。私のような人間が家庭をもったということが誤りだったのだ。しかし、私にはどうにも力が及ばない。自分の性癖を変えることが出来ない。人間の一生にはやはり決定的な段階というものがある。自分が自分でどうにも動かせぬものになるというのが、その決定的な段階の意識なのだ。いろんな他人との関係において私は倫理的に正しくもなく、仁にもなりえていない。一言でいって私は悪だ。そのことはわかっているが、私にはそういう自分をどういうふうにも改訂する気はない。そういう自分で生きていくほかはない。私は悪い生きかたをし、他人を傷つけ、それでいて、そういう生きかたを改める可能性を自分のなかに全然もっていないのだ。ただ自分をつつしむことは年をとるにつれて多少出来るだろう。人との関係をできるだけ冷たいものにして、そのことによって自分の悪のおよぶ範囲を可及的に制限することはできるだろう〉（「渡辺京二日記」一九七五年七月一六日）

同日の日記では本人もコントロールできない「怒り」についても言及している。

〈私は自分の発作的な怒りに抵抗する術がない。あい手の身になって考えようとし、がまんにがまんをかさねていても、ついにある日爆発的な怒りがつきあげる。この発作的な怒りは私の生と同義なのかもしれない。昔は怒ることによって傷ついていた。だが四十五になろうとしている私は、怒ることで傷つかなくなっている。そのにがさを堪える地力のようなものがついている。だとすれば私は一方的な加害者だ。でも、いやなものはいや、同意できないものは同意できない、まちがいはまちがい、バカはバカという断定の情念はもはや私のコントロールの圏外にある。不用意に、知的領域に関して私に近づいてほしくない〉（「渡辺京二日記」一九七五年七月一六日）

発表する気もなく書いた日記から部分的にピックアップするのはフェアではないのかもしれない。率直なもの言いから渡辺の生の実質というべきものが感じ取れる。助詞を省略したり単語のみを書きつけるなど本人だけがあとで分かればいいという日記も珍しくないが、渡辺日記はそうではない。なぜそうなのか論点を丹念に押さえ、語尾の違いにも配慮しつつ、固有名詞は正確を期し、点や丸の位置もおろそかにしない。これからどこかへ提出するかのように端正な姿をしている。のちにだれかが読むと考えたことがあったのか。内省の衝動に傾いたのか、一〇日後の日記は次のようだ。

〈何か、せまい場所にひとり追いこまれてしまったような感じだ。自分がよくない人間だということを切に自覚する。若いころのような自我意識にてこずっているのではない。自分を大切なものに思うような意識はとうになくなっている。にもかかわらず自分の宿命がのしかかってくる。いわくいいがたい感じがいつもつきまとう。何もかも見える。ひとが見とおせる。ほんとうは見とおせるはずはないのに、X線にかけたようにその人の存在がうかんで来る。そうするとしらじらとした気持にみたされ、何もいう気にならなくなる。これはたしかに病気にちがいない。（中略）人との一致の幅がますますせまくなる。その幅に入らないところに気づくと人がいやになる。むろん私ほど妥協的な人間はおらず、いつも人と折り合っているのだが。本性はかくせない。本性は命令する〉（「渡辺京二日記」一九七五年七月二六日）

孤独をかこちながらいつも社交的にふるまっていた石牟礼道子の姿がオーバーラップする。この世と心を通わせることができたら、どんなによかっただろう。表面的には折り合って見せながら、京二もまた、根本的には折り合えない人である、と日記が雄弁に語っている。幼少期から葛藤の連続であったろう自己意識の劇。「カミソリ京二」と人に言われるまでもない。狷介な自らの性格を十分自覚していたのだ。

一九四五年四月、大連一中三年になった京二は満鉄図書館沙河口分室で日夏耿之介『明治大正詩史』上下二冊本を見つけ、借りだした。〈こういう世界があった、これこそ幼い時から求めていた世界だった〉（『日本詩歌思出草』）

何度も借りて読んだ。〈以来昭和二二年春に大連から引き揚げるまでの二年間、明治文語定型詩、それも耿之介の言う完成態たる泣菫、有明の詩句がずっと私の脳中に鳴り響いていた〉（同）。この時期の耽読が文学志向を決定的なものにした。

一九四七年、大連から日本へ引き揚げた。戦災で母の実家が身を寄せていた菩提寺の六畳間に寄寓する。旧制熊本中学に通い、一九四八年、第五高等学校に入学した。

母かね子の京二への影響は大きい。母親だから当たり前といえば当たり前なのだが、かね子の場合は規格外だ。桁外れの愛情を息子に注ぎ、京二も母の愛をありがたく受け止めながら、あまりに純粋で濃厚な愛情に全身どっぷりと浸され、少々あっぷあっぷしている感がある。

〈彼女（かね子）は文壇ゴシップに通じていて、これは大連時代のことだが、芥川龍之介が自殺したことや、有島武郎が女性編集者と心中したことや、谷崎潤一郎と佐藤春夫が奥さんを交換したことや、中里介山の『大菩薩峠』が話が広がりすぎて完結しなかったことなどを、小学生の私に語り聞かせたものだった〉（『父母の記』）

文学者の動向が家庭の話題となる時代だったのだ。文学者の社会的地位も二一世紀とは比較にならぬほど高かった。母親が文学好きとは京二の幸運ではなかったか。三人きょうだいの唯一の男の子。母親は末っ子の京二がかわいくて仕方がないようだった。

〈爪は切ってくれる。耳垢は膝の上に頭をのせて掻いてくれる。蜜柑と来ては皮を剝いてくれるのはもちろん、ひとつひとつの袋の皮まで剝いて果肉を花のようにはじけさせてくれる。着せ替え人形のように衣服を買ったり、作ったりしてくれる。風呂には抱いていれて、きれいに洗ってくれる〉（同）

　京二の成績がいいのも母を喜ばせた。全身で包み込むような溺愛が続いた。しかし甘やかせるだけの母ではなかった。かわいがり方にも芯が通っていた。深く愛しているからこそ厳しいのである。

〈叱られもし、頭も叩かれた。私がスポイルされてしまわなかったのは、そういう母の厳しい一面のお蔭だったと思う。口答えすると、「口から先に生まれて来て」と口の端をひねられた。「口から先に産んだのは誰だ」という科白が出かかっているが、さすがに口にする勇気はない〉（同）

　渡辺京二の世代は「陥没の世代」（後藤宏行の著書の題名）である。より幼い世代のように白紙で戦後を迎えることができなかった。少し上の世代のように敗戦を強烈な挫折として受け止め、そこから戦後を生きる姿勢をつくることもできなかった。京二と姉は大連日本人引揚対策協議会という旧ソ連主導の組織に参加するなど共産主義の影響を強く受けた。

　京二は一九四八年、日本共産党に入党した。姉はすでに入党していた。後年京二は共産主義に傾倒した理由を、〈科学的軍国少年の知性にとっては、新しく出現した価値は崩壊した古い価値より、はるかになじみやすかったからである〉（「わたしの戦後」）と述べている。

　しかし、幻滅も早かった。一九五六年、ハンガリー事件で共産主義運動に失望し、日本共産党を離党した。「革命」に身を投じてきた京二である。前年の共産党の第六回全国協議会による、それまでの武装闘争路線の全否定の時点で、党を見限っていた。

〈軍国少年から共産主義者へ変身した私は何も変わっていなかった。私は、天皇制的政治理念を最高の真理と信じ、歴史は日本という神国による欧米資本主義の克服という流れにそって進むと理解していたからこそ軍国少年であったように、スターリニズム的政治理念を最高の真理と信じ、歴史は共産党という前衛が指導する世界変革の方向へ進むと理解したからこそ共産主義者であったわけである〉（「わたしの戦後」）

一九五八年、京二は岩下敦子と結婚。敦子は熊本市役所の総務部長の娘である。頭脳明晰、舌鋒鋭く愚者を糾弾する〝カミソリ京二〟が狷介な物腰で存在感を発揮していた。雑誌仲間の北口禎子の証言がある。

〈「おそろしくてとても近寄れたものでなく、敦子さんはよくあんな抜き身の剣のような人と結婚なさると思っていた」〉

岩下家から大学だけは出てくれと言われた。法政大学の通信教育部に入り、一九五九年には社会学部に転部し、その一年の間、妻子を熊本に置いて東京へ出た。そのことを知った父次郎は毎月一万円送金してくれるようになった。敦子は県庁に勤めて、京二に毎月一万円送っていた。

「これで本が買える」と京二は喜んだが、三歳上の長姉昭子(てるこ)が怒った。

〈「京二はお父さんから平気で金をもらうの」。そう詰問されて私は父に送金を断る手紙を書いた〉（『父母の記』）

〈そのときの父の返事は、息子から援助を断わられる父親の惨めな気持がわかるかというものだった。なるほど、それはわかる。しかし私には、自分の療養生活をずっと支えてくれ、いままた妻子まで抱えこんでくれている姉への義理があった。姉は父を絶対に許そうとはしなかった〉（同）

女性問題でさんざん母を苦しめた父を姉は許さないというのである。父の配慮をありがたいと思う京二だが、始終気にかけてくれる姉の言うことは聞かざるを得ない。姉はもうひとりの母のようないとおしい絶対的存在だった。姉はのちに京二が『熊本風土記』を出すとき三〇万円出してくれた。

長姉昭子は母に負けじと京二を愛した。〈彼女は私が療養所にいる間、ずっと定期的に見舞いに来てくれ、自分の給料を私の栄養補給のために注ぎこんでいた。退所したあとは、私の原稿の清書をしてくれた。若いころ私は姉を安寿姫ではないかと思うことがあった。弟のためならいつでも命を投げ出す安寿姫〉（同）

一九六二年、法政大学社会学部卒業。浪人や留年なしの二二歳で卒業した者より九年遅れている。東京で職を探し、いずれ妻子を呼び寄せるつもりで、母にお別れを言いに行った。意外なことに母は取り乱した。

〈母は泣いた。あの気丈な人、あの照れ屋で、いつも辛辣なことしか私に言わぬ人が、玄関先で別れるとき取り乱し、文字通りおろおろとして泣いた。幼いころとまったく変らぬ愛を注がれているのを、このときも私は感じた〉（同）

六二年、渡辺は東京で書評紙『日本読書新聞』の編集者になった。橋川文三の推薦があった。同年、生涯の師となる吉本隆明の知遇を得る。三島由紀夫、埴谷雄高、竹内好、福永武彦らとも接している。六四年春、『日本読書新聞』を辞め、六五年春、熊本に帰ってきた。長女梨佐が小学校へ入学する。熊本・三年坂の書店で半年ほど書店員をした。その後、創刊したのが『熊本風土記』である。

京二が大学卒業の資格を得るべく苦闘している五九年、道子は、水俣病事件の進展になすすべもなく悶えていた。七月、熊大研究班が水俣病の原因を有機水銀と発表。一一月、不知火海沿岸漁民二〇〇〇人がチッソ工場に乱入（漁民暴動）。一二月、患者家庭互助会とチッソは「見舞金契約」を締結。死者三〇万円など。「今後原因が工場排水と判明しても追加補償を要求しない」という条項を含み、七三年の判決で「公序良俗に反して無効である」と批判された。

翌六〇年の道子の創作メモ帳がある。道子の心象理解の一助とするために引用しよう。理不尽な現実にいかに文章で対抗できるか、できないとすれば、どうしてなのか。自問自答のようなものである。道子はこの二年後、京二と出会うことになる。

〈赤んぼうさえ（そのことで足をつっぱねて泣くことができるのに）他人の痛みを痛むことが出来るのに、

さだかに自分の意志とわからぬ（ほど深くひそんでいる）ものが、加速度をともなって遂行させる、一切を進行させる　とてもひかえ目にのぞんでいるのに、
人とすれ違う時の　消えてしまいたいほどな　けんたい感　或いはおそれ、実際　人間がこわいのです、
云いたいことを云うとき　なぜ私はふるえるのか　たとえば　アメが食べたいのよ　と本気でいう時も〉

離陸を目指して滑走路を疾走するポンコツのプロペラ機のようである。機体の装備や整備はまだ不十分ながら、健気な感じだけは伝わってくる。いつか飛翔するだろう、と思わせるだけの、ひたむきさがある。たしかに、人とすれ違うとき、多かれ少なかれ、「おそれ」を感じるものである。しかし、ほとんどの大人はそういった原初的感受性を封印して、何もなかったような顔をして、日々を過ごしているのではなかったか。道子はさらに書きつける。

〈だれもくるな、／わが真下に一枚の／万華鏡あり／ひざまづくなかれ、〉

道子が異次元的な言葉の使い手であることを改めて認識させる。一方で、空中分解しそうな危

うさも感じる。京二とも水俣病とも出会わなかったなら、道子は破滅的浪漫詩人となったのではないか、と想像したくなる。

少しさかのぼる。道子から一転、渡辺京二の話である。京二の療養所時代をクローズアップする。一九四八年、京二は旧制第五高校一年の夏に喀血し、一九四九年五月に熊本県菊池郡西合志村、通称御代志野（みよしの）にある国立療養所再春荘に入所した。一九五三年一〇月までの四年半、ここで療養する。

この時代、結核は死に至る病である。長期闘病を覚悟しなければならない。療養所入所という事態は、健康を失っただけにとどまらず、旧制高校から東大などの大学へ進むという上昇コースから脱落することを意味した。次姉洋子も結核で亡くなった。若くして結核を患った父が感染源だったようだ。

詩を書きたい、文章を書きたい。それが京二の願いであるから、学校制度の階段から降りたとはいえ、さほど痛痒は感じなかった。世俗的栄達は遠くなったが、もともとそんなものを求めていたわけではなかった。一番ほしかった、ものを考える時間がたっぷりとあった。療養所で宮沢賢治の詩と出合う。流転の心象にぴったり合った。〈療養所のまわりには美しい森があり、郊外電車も走っていて、ちょいとイーハトーヴォふうであったから、賢治はまず風景として私の中にはいってきたようだ〉（『日本詩歌思出草』）

宮沢賢治は石牟礼道子にも親しい名前である。代用教員になった一六歳の頃、賢治の「雨ニモマケズ」を読み、深く共感したのだ。

一九五〇年三〜六月、京二は療養所周辺を短歌に詠む。

〈音もなく夜天の星は照り満てり心つめたくねむらんとする〉

〈夕寒く風のめぐれる療院は橙々の灯のともりて静か〉

〈蠟のごとき白き花房咲かしめてはりえんじゅは重き枝を垂れたり〉

〈かつかつと馬蹄のひびき遠のけり若葉のしげみ暮れなずみつつ〉

当初は結核という診断を深刻に受け止めた京二は、個室でなく、八人部屋ということで、「軽症」だと安堵した。母は療養所までやってきた。猫かわいがりしている息子に万が一のことがあってはならない。

〈八人部屋に収容された患者に母親が付き添って来るというのは前代未聞であったらしい。このとき私は一八歳で、自分ではおとなのつもりだったから、羞かしいといったらなかった〉（『父母の記』）

女親分的気質の母は、たちまち付き添い婦らを心服させた。同室の男性患者七人の中から、ボス的存在をたちどころに見抜く。その男に料理をひと皿プレゼントするなど懐柔に余念がない。そんな配慮も、ひとえに息子のためである。当時母は四八歳。妖艶な美しさがあった。

前述したように、「革命」が信じられていた時代である。京二は一七歳で共産党員になっている。療養所の四年半を〈私はまるで党活動をやるためにそこに居たようなものだった〉（「私は何になりたかったか」）と述べている。細胞中最年少。会議で外気小屋に泊まって病棟に朝帰りするなど主治医を困惑させた。

京二の療養所時代がうかがえる資料がある。六〇頁の小冊子『御代志野―吾妹子のかたみに』である。「一九八九年三月」の日付けがある。渡辺は当時五八歳。還暦目前に、ぜひともまとめておきたかったものであろう。水俣病闘争以来の付き合いがある久野啓介（当時、熊本日日新聞編集局長）に活字入力を依頼し、少部数を印刷したのである。

堀辰雄を例にあげるまでもなく、若き日の恋を書き残すのは文人のたしなみである。いや、京二の場合、たしなみ云々より、なにがなんでも書き残しておきたいという強い思いがあったのだ。懺悔録のような文体に歴然としている。

二〇一四年に私は『御代志野』の存在を知り、渡辺に「読ませてください」と頼んだが、「そのうちにね」とやんわりと断られてしまった。当時私は『評伝 石牟礼道子』執筆に全力を傾注しており、そのことを知っていた渡辺は、石牟礼のついでに、自分のことを片手間に書かれる、と思ったのではないか。私は石牟礼道子を知るために渡辺京二を知りたかったのだ。

渡辺にはいずれまた正攻法で「読ませてください」とお願いすることにして、渡辺に親しい人々に聞いて回ることにした。古い付き合いの人たちが、「知らない」という。そういう小冊子が存在することも初耳だという。箝口令が出回っているのではないかと思うほど手応えがない。ごく少数の人だけが京二から寄贈を受けているのだ。

渡辺が懇意にしている熊本市の真宗寺の故・佐藤秀人住職の長女憲子が持っていることが二〇一八年に分かった。「熊本地震で被害を受けた寺を改修しますので、段ボールに入れてあります。探しますか？」と膨大な段ボールの山を指さす。仕方がない。段ボールから探そう。覚悟を固めた私に、憲子は「小冊子を作った久野さんに聞いてみたら」と助言してくれた。熊本市に住む久野に手紙を書き、了解を得て、一八年晩秋、見せてもらいに行ったのである。

　久野はパーキンソン病で闘病中である。電話でなく手紙にしたのは、文章で趣旨をよく理解してもらおうと思ったからだ。ふらっと立ち上がった久野は、歩行器にもたれかかって本棚から小冊子を抜く。ダイニングのテーブルにその本を置く。小冊子は二種類あった。完成版と校正用である。校正用の方に見覚えのある渡辺の字で赤い書き込みがある。

　久野は「渡辺さんらしいですね」と笑顔を見せた。もともと笑みを絶やさない人であるが、破顔一笑、いかにも愉快そうなのだ。「渡辺さんらしい」というのは、ゲラの直し方である。表紙上部に、「御代志野―吾妹子のかたみに」というタイトルが縦に印刷され、その下に「渡辺京二」とある。渡辺は「渡辺京二」を赤ペンで削除しているのだ。

　これでは渡辺の本だと分からない。困惑した私は頁をめくった。あとがきの末尾に「渡辺京二」と署名があるので、渡辺の著作だというのは分かる。著者であることを伏せるつもりはないのだ。結果的に、表紙にはタイトルだけがつつましく載ることになる。久野が「渡辺さんらしい」と言ったのは、この辺の慎重な配慮である。目立ちたくはないが、だれが書いたかは明確にしておく。たしかに渡辺らしい。

　活字入力に久野を指名したのも、小冊子が渡辺にとっていかに大事なものであるかを物語る。久野は、渡辺の呼びかけで水俣病闘争の口火を切ったチッソ水俣工場正門前の座り込みに参加している。闘争開始後は、整理部経験を生かし、告発する会の機関紙『告発』の編集などに尽力。

温和な人柄で仲間をまとめつつ、目立たぬように運動を支えた。社会派でありながら、熊本近代文学館館長を務めるなど文芸の素養もある。大事を託すには適任だった。

「あ、これを」と久野が見せてくれたのは道子の色紙である。〈久野啓介様／生死のあわいに／あれば／なつかしく候／道子〉。病気のお見舞いに道子がくれたものだ。道子も同じパーキンソン病を患った。辞去することを伝えると、久野は「私は（病気で）うまく話せません。渡辺さんによろしく」と言った。後日、私は渡辺に「久野さんに会いました」と告げた。「ほう」と渡辺は何事か悟ったようだった。「『御代志野』を見せてもらいました」と言うと、「ハハハ」と笑った。もう仕方がない、自由に書いてくれ、というメッセージだと受け取った。

『御代志野』は掌に載るサイズであるが、『逝きし世の面影』など渡辺の主著に匹敵する重みがある。初恋の二人の女性との出会いと別れを詳述した書物は『御代志野』以外にないからである。サブタイトルの〈吾妹子（わぎもこ）〉とは「愛する者」という意味。それだけでただごとでないことが分かるだろう。

　短歌と詩、それに「あとがき」で構成される。「あとがき」は短歌と詩の注釈にとどまらず、前田正子、越牟田房子という渡辺の青春の恋の相手であった二人の女性の経歴なども記し、悲恋の一編と呼ぶのがふさわしい。告白体の懺悔録のような真率な文体が経験の重みを告げる。〈一度きりの私の青春〉と呼ぶ密度の濃い日々なのだ。

〈私が日本のなつかしい自然に初めて眼をひらいたのは、この御代志野、黒石原においてだった。

ここは大連というあの美しい街とならんで、私の原郷なのだった〉（『御代志野』）

　正子と房子は、渡辺が入所した療養所の看護婦（当時の呼称）である。正子は昭和六年生まれ。父を早く亡くし、女学校を中退して看護婦となった。房子は正子の二歳下。農家の生まれである。二人は親友だった。

　京二の初恋の人は正子である。正子は京二の求愛を受け入れたが、京二は次第に房子に魅かれていく。それを知った正子は身を引く。京二と房子は手紙のやりとりで恋仲になり、ついには婚約をする。そのあと房子が精神のバランスを崩したので、二人が恋人として会うことはなかった。一方、初恋の人正子は若くして病死した。

　正子を詠んだ渡辺の短歌は次のようなものだ。

〈正子（昭和二十四年五月―二十五年六月）〉と短歌群の冒頭にある。

〈ひと夜わが蚊帳のなかにて光りたる看護婦のくれし首赤き蛍〉

〈君は今日洗濯をしていたりけり足そろえ背をすこしくまるめ〉

〈冬に入りその訪いの減りてこし少女はわれをうとめるごとし〉

〈よりそえるやわらかき頬撫でいれば君はしずかに瞳をとじてあり〉

〈罪に似し思いしきりにやみがたく君と向きいる夜に入りし病室〉

〈多からぬ給料のうちより求め来し花ならむこの矢車草も〉

〈ゆたかなるものに思いてなめらなる乳房に指をあそばせていし〉

『父母の記』でも正子のことが出てくる。癒着した肋膜の剝離手術を受けたときのこと。〈今度は個室だから、母は私のベッドの脇に蒲団を敷いて寝る。この間、前田正子という私とあい歳の看護婦がしばしば私を見舞ってくれ、母とも仲良しになってしまった。かしこく気丈で、純な癖に母同様辛辣なところがあり、母はこの娘が非常に気に入っていた〉

京二が一九五三年一〇月に療養所を退所した直後、正子が熊本・藤崎台の京二の家を訪ねてきた。二泊している。「マサコとお茶漬」という詩はこのときのスケッチである。

〈マサコの好きだったのはお茶漬／お・ちゃ・ず・け／さくさくさく／さらさらさら／こはく色の液体が／ふっくらした喉もとに流れこみ／真白な歯なみのあいだで／歯ぎれのいい音をたてる／すまして／茶碗のふちをくちびるにあて／それから／彼女は私をにらむのだ／／そのにらむ軽い目つきは／いまも／私の体のなかをうろついている／あのさらさらという音も／まだ耳たぶのそばで鳴っている（一九五四・一・一五）〉（『御代志野』）

正子の死の直後、追悼の意味で書いたものだ。〈正子の死を告げる義姉に当る人の手紙を読んだとき、私は号泣の発作に捉えられた。涙が止まらないだけでなく、泣き声のとどめようがなかった。母はしばらく黙っていたが、ぽつりと「私が死んでも泣かんようにせい」と言った。母は私が正子に対して罪責の念にかられていることがわかったのである。だから自分が死んだとき、なぜもっと母に優しくしなかったかと後悔して泣くなという言い方で、私の悲しみへの理解を示したのだ〉（『父母の記』）

「迷子になった愛」という追悼詩。〈マサコは死んだ／それはたしかだ／／マサコは／くらいはがねいろの海のみえる／赫土の丘に埋められていた／／いや埋められていたのは／マサコではない／あれは骨だ／骨　つまり／彼女が消えたあとに残った／ひとにぎりの軽いぬけがら／／いまたしかに実在するのは／眼のいろ　においい　掌のあつみ　頬のぬくみ／そんなものだけかしら／いやまだある／──迷子になった愛〉（『御代志野』）

〈この四篇（「マサコとお茶漬」など）を草したとき私は二十三歳で、これが私の「歌との別れ」であった〉（同）と書く。

〈正子についてはこれ以上語るまい。この娘は死んでもう三十六年、いまは私の心のなかにだけ生きている。この人のことは幾度となく思い返し、その意味を考えて来た。私はこの子を深く愛していた。それなのにとり返しのつかぬことをした。自分の心が自分でわからぬ。いまでもそうなのだ、私は。正子は私の生きて来たあいだ、ずうっと道を照らしてくれた。これからもそうしてくれると信じる〉（同）

これだけなら悲恋の物語として、むしろ、すっきりしている。しかし、事態を複雑にするのは、渡辺が正子を愛していながら、正子の親友の房子も愛してしまったことにある。同時に二人を好きになる。それは渡辺が「あとがき」で書くように、〈どうしようもないこと〉なのだ。自分に忠実に生きよう、生きようとするほど、そうなるのだから仕方がない。房子を詠んだ短歌と詩。

〈房子（昭和二十五年三月）〉

〈光り暗き廊下にしばし語らいぬそれにて夜はやすらぎてねむる〉

〈よく光るやさしき目なり語りいて洗わるるごとくすがしくなりぬ〉

京二は房子と手紙上で相思相愛になったが、京二は房子の愛をわがものにした決定的な感触は得ていない。愛を深められないのを、もどかしく思っている。
「ときどき」という詩。
〈ときどき／こころのむなしい夜など／私は廊下を歩いた／その人の顔がみえはしないかと思って／／あえないときはもどってきて／黙って寝た／あえたときは／灯がななめにさす廊下の窓にもたれ／話などした／その人は白衣をつけ／いつも忙しかった／／何の話をしたろう／どれほどの時間であったろう／こころがらくになって／私は病室に帰った／そして／素朴ないろをたたえた眼のことを／じっと考えていたのだった／／ときとして／その人の目に霧がかかり／みるみる遠ざかることがあった／拒否されたような思いで／私はあとにのこされた／／いばらをかぶらされた人のことを／すなおに／その人は信じていた〉（同）
なぜぎくしゃくするのか、京二は考えている。思い当たるのは自分がコミュニストであることと、房子が熱心なキリスト教徒であるということ。だからすれ違うのか。悶々とするうち、房子は心を病んでしまった。原因は渡辺との恋愛関係にあるのだろうか。渡辺は書いている。
〈いたましく病んだあのときの少女と、その人への愛を表現しようもなかったほとんど少年といっていい私の、あの凍結された時間が、二度とかえらぬものとして宙空にかかっているのを、いまでもまのあたりに見るだけのことである〉（同）
死んだ正子も忘れがたい。正子との別れの情景を描く詩「ほほえみ」。
〈いっしんに／きみは手を振っている／／手をふりつづけ／きみは遠ざかってゆく／／遠ざかり／きみはほほえみを投げてよこす／／ほほえみは白い蝶のように／くるくると眼のまえで舞う／

／そして／きみの死とともに／ほほえみは凍ってしまった／わたしの暗い眼のなかで〉（同）

恋愛に身を焦がす一方、党勢拡大に奔走する渡辺の姿も『御代志野』は伝えている。党活動に深く入ろうとすればするほど、現実と理想との乖離に苦しんだ。

〈インディヴィデュアルな自分と、ボルシェヴィキ的な人間像（そのシンボルとしてのコルチャーギン）との落差をどう埋めればよいのか、わからなかった〉（同）

「コルチャーギン」とは旧ソ連の作家、オストロフスキーの小説『鋼鉄はいかに鍛えられたか』の主人公。共産主義を信奉する理想の労働者像とみなされていた。

「夜に」という詩がある。

〈コルチャーギンには／なれないであろうことを／彼は知った／／それを知ったとき／夜は　くらいはがねのような空に／小さなよく光る星をいくつもうかべ／彼はしずかに流涕した／／彼は自分を愛してくれる人々のことを思った／その人々が少ないのであることを思った／／夜汽車の／がらんどうな三等車で／くもった窓ガラスに／するすると指さきで／鳥打ちをかぶった青年をかき／Colchergin とかきそえた人のことを／その白いものをまじえた頭を／善良に光る眼を／彼は思った／／恥と傲慢にふるえながら／体をよこにむけ／彼はねむることにした〉（同）

四〇歳になった渡辺は再春荘時代を次のように回顧している。

〈あの頃は何を考え、何に夢中だったのだろう。再春荘での四年半。いつも夢を見、情熱と苦しみの中で自分を浪費していた。形をなすような実質的な営為をわざと蔑視していた。すべてむくいが来ているとしか思えない〉（「渡辺京二日記」一九七〇年一〇月二四日）

「あとがき」には『御代志野』執筆の動機も記される。〈私は四十すぎた頃から、正子と房子の夢をくり返し見るようになった。才能もなければ文学的価値も皆無の、幼稚で臆面もない若き日の詩歌を小冊子に編むのは、私が初めて愛したふたりの女人へのかたみとしたい一心である。心をながくとざしていた氷がやっと解けたような気がする〉

その言葉を裏付けるように、房子の夢を渡辺は日記に書き留めている。

〈あけがた越牟田房子さんの夢を見る。何故、こんな忘れていたことを夢に見たのかわからない。二十三年前のことがありありと思い出された。文章に書いておかねば気がすまなくなり、夢の中味を六枚ほど書く〉（「渡辺京二日記」一九七六年一月一〇日）

渡辺の〈私は四十すぎた頃〉というのは一九七〇年代前半。石牟礼道子とタッグを組み水俣病闘争に奔走している時期である。そのさなかに、〈正子と房子の夢をくり返し見るようになった〉というのは私の理解を超えている。渡辺京二は石牟礼道子一筋ではなかったのか。

『御代志野』刊行後、渡辺はひとりで再春荘を訪ねている。刊行と訪問はセットだったようだ。一九八九年四月二一日のことである。その年の夏に渡辺は五九歳を迎えるのだ。

〈菊池電車に乗ったときから、私の心は波立ってふつうではありませんでした。再春荘は、裏の広大なくぬぎ林も壊滅し、昔日の姿は求めるべくもありませんでした。しかし、雲を浮かべた淡青の天と、めぐる気流と、木々の唄声はむかしのままの再春荘でした。むかし看護婦寄宿舎のあったあたりに、こぶしの花が真白に咲いていていました。在りし日の人びとの面影がいちどによみがえりおし寄せて来て、幻がうつつになったような不思議な時間の中に私はいました〉（「故旧忘れ得べき」）

この日渡辺はオリジナルの短歌と詩をつくっている。詩歌の創作は療養所以来、三〇数年ぶりである。人生の折り返し地点といわれる年齢に到達し、詩心が目覚めたのか。それとも、押し寄せる〈在りし日の人びとの面影〉に抗しがたくなったのか。「故旧忘れ得べき」では三首を披露している。

〈遠き日の恋を嘆かひゆく原に木々は喩のごとき姿して立つ〉
〈わが妹の魂のごとくに咲き出でしこぶしがもとに死なむとおもふ〉
〈時は還りゆめは現つにあらはるる光り透けゆく療園の午後〉

渡辺は『御代志野』の「あとがき」に〈ここに収めたのは恋唄である。その大部分は発表していない。私はずっと何か、資質についての思い違えをして来たのかもしれない。いや、思い違えではなく、わかっているのにそういう無理を自分に強いて来たのだった〉と書いている。詩心を抑圧してきたという思いがあるのだ。そうだとすると、「日本近代史家」や「思想家」と呼ばれる渡辺京二とは何者なのか。

〈老いのゆえゆるむ涙と知り給へわれはのごわずそのしたたりを〉
〈たくらみのごとく降りいづ春の雪汝が面影のふと立ち来れば〉
〈風立てばゆするる天の青ききわ汝が面影のまた還り来る〉
〈人の世に倫理をこゆるものありとついに知るべし六十路の吾は〉

〈吾が罪のごとくかかれる天の虹見果つるまでに君と寄りゐる〉

〈さなりこのプラットフォーム吾が妹の手をうちふりて吾を呼べるは〉

渡辺のノートからランダムに抜き出した。これら六首は未発表作である。「故旧忘れ得べき」の三首に比べ洗練されてはいないが、その分、感情の自然な流露が渡辺京二という人の素顔を語るかのようだ。〈一度きりの私の青春〉は還暦を迎える渡辺の中で息づいている。正子と房子という二人の女性を同時に愛してしまった若き日の、燃えたぎるその思いは、大自然の猛威をなすすべもなく見守る人間の姿に似て、渡辺には到底制御不能なのだった。

哀惜と悔恨の歌が並ぶ中、異彩を放つ短歌がある。

〈正子房子敦子道子と名呼ぶときわかちもあえぬひとりおみなご〉

「正子」は初恋の女性、「房子」は次に愛した女性。「敦子」は二〇〇〇年に六八歳で亡くなった渡辺の妻。四人の子を産んだ。「道子」は言うまでもなく石牟礼道子。ひとりひとりの名を呼んでみても、別々に考えることができない。四人まとめてひとりの女性のようだ、というのである。

「私は一度好きになった女性は切らないいんだよ」

二〇一五年春頃、渡辺が私に語ってくれた言葉だ。渡辺は石牟礼道子一筋と思い込んでいた私は、渡辺の石牟礼への変わらぬ愛の表明だと受け取った。しかし、〈正子房子敦子道子〜〉の歌をみると、そうとも言えない。いったん愛した女性への愛は終生変わらぬものの、それはひとりに限った話ではない、同時並行で四人を愛し続けてきた、と渡辺京二は言っているのだ。

男の方はそれでいいとして、女の方はどうなのだろう。まとめて愛するのではなくて個別に対応してほしい、というのが女性の偽らざる気持ちではなかろうか。最晩年の道子がいつも「看護婦」という言葉に過剰に反応していたのを思い出す。むろん、正子と房子が念頭にある。道子の機嫌が悪くなると渡辺は「あなただっていろいろあったじゃないか」と猛然と反撃していたものである。

代々の受難する女性たちの総称として道子は「妣（はは）」という言葉をよく用いた。個別の女性でなく、女性を歴史的にひっくるめた言い方である。もしかしたら、渡辺が女性を愛する場合も、道子における「妣」のような集合的存在のイメージがあるのだろうか。

そうなると、石牟礼道子が渡辺京二の〝最後の女〟という言い方は正確ではないのかもしれない。道子が新作能で描いた海底（うなぞこ）の宮のように、複数の女性のイメージが融解している場所に道子も加わる。そこでやっと渡辺版「妣」のイメージが完成する。そこには正子、房子、敦子、道子、の四人と一緒に、渡辺の母かね子、長姉昭子も余裕たっぷりに鎮座している。そこは心のふるさとと呼ぶのがふさわしい。渡辺の帰っていく場所はここ以外になかろう。

結論を急ごうとする私を、もうひとりの私が引き留める。お前は渡辺と石牟礼のことをちゃんと見ていたのか、と。渡辺の石牟礼への一途な接し方を少しでも知っているならば、「妣」の語で安易にまとめてはいけない。京二は道子という個別的存在と全身全霊で向き合っていた。集団的女性像の象徴的存在として道子を扱っていたのではない。京二は道子を愛し、同時に敦子を愛し、房子を、正子を愛していた。

還暦近くに再春荘を訪ねた一九八九年、渡辺は二六年ぶりに房子と再会している。京二が訪ねて行ったのである。青春時代、精神の均衡を崩した房子が回復したとき、渡辺は房子に「僕はひとつも気持ちは変わっておりません」と手紙を書いた。房子の発病前に京二と房子は婚約していた。京二はかつての婚約者に改めて自分の気持ちを伝えたのである。しかし、房子からは「病気する直前のことは全部忘れました」との返事が来た。困惑せざるを得ない展開である。相変わらず渡辺家に遊びに来る房子の気持ちを聞き出せないまま時間だけがたち、渡辺は敦子と結婚した。それを聞いた房子は激しく泣いたという。

還暦目前の渡辺に房子は「あの頃は子供だったのよ」と言った。渡辺は「僕が共産党で君がカトリックだから悩んだんじゃないの」と聞くと、「そうじゃない。共産党がなんだか全然分かっていなかった」と答えた。実際、その通りであろう。共産党とカトリックの相克が破局の原因という推測は誤りだったようなのだ。それでは、なぜ房子は精神の均衡を崩したのか、という謎は残る。一時的なヒステリー状態だったのだろうか。

京二にとって、正子と房子は青春の純愛の相手として記憶に刻まれているが、その愛の落ち着く先を必ずしも見届けたわけではなかった。正子と房子との邂逅の意味を、京二は繰り返し自問してきた。二人のことを直接書かないまでも、一般的な愛の行方の問題として文字にしている。四〇歳のときの日記から引用する。ひとことで言うと、女とは分からん、という述懐である。

〈愛という幻想、とくに異性愛の幻想が私を苦しめて来た。愛という名の極端な自己主張。しかし自己犠牲の愛など実在しようもない。諦めよ。平安が訪れ、毒念が薄らぐことがそれによってないとしても。残された歳月、自己に忠実――自己に課された天意に対して忠実であるほかに身の処しようはない。自分の悲しみとつき合って行くほかは。自分のだらしのない、主意的な、感覚にさらわれがちな、誘惑に弱い性格をきびしく統制すること。そして全力をつくして仕事をすること。内面的な仕事だけが私にいくらかの平安と充実をあたえてくれる。自然、人間に対し、ゆたかな創造的な享受の関係をもたねばならぬ。内面的な仕事を深めれば、生は多少なりとよろこばしい面を向けてくれそうに思える。生活をストリクトに統制し、仕事に集中せねばならぬ〉（「渡辺京二日記」一九七〇年一〇月二九日）

二〇一九年二月一〇日は石牟礼の一周忌である。この日、福岡を訪れた作家の池澤夏樹に、「渡辺さんは複数の女性を同時に愛していたようです」と話してみた。池澤は石牟礼とも渡辺とも親しい。「それは意外だな」という驚いた顔を期待したのだが、池澤は「それは当たり前でしょう。不思議でもなんでもない」と即座に返してきた。思想・文学上の問題ではなく、実際の男女関係の実感のようだった。大人の世界は深い。結論を急いではならない。私は「妣」を棚上げすることにした。アタマが先行してはいけない。

中年期以降の渡辺京二は硬派の著述家になった。『北一輝』『評伝宮崎滔天』『逝きし世の面影』『黒船前夜―ロシア・アイヌ・日本の三国志』などで知られるが、自他ともに渡辺の原点と認めるのが「小さきものの死」（一九六一年一二月、『炎の眼』）である。

文庫本では四頁しかない短文であるが、体験が凝縮されたというより、装飾を一切削ぎ落とした簡潔さが真剣の居合抜きのような凄みをたたえる。

主題は療養所時代に目撃した〝小さきもの〟の死だ。最初の大手術の後、身動きもできない状態のとき、隣の病棟の一室で母親と娘が一晩のうちに死んだ。付き添ってきた父親は乗ってきた車で立ち去った。

笑い声に似た泣き声は夜通し続く。天草の一農村から療養所に送り込まれた母娘が死んだ、と翌朝、看護婦から告げられる。渡辺はひとつの光景を幻視した。

〈死にかけている母親の痩せた腕が機械じかけのように娘の体をさすっている光景を。そしてこの母親は娘もまたすぐに死ぬであろうことを確実に知っている〉

〈父親の没義道さとか、農村の暗さとか、社会の不合理だとかではない。それへの怒りは無論のことにしてもそのいやな感じはもっと根本のところに係わっていて、その根本の事実がいかにも理不尽であった。人はこのようにして死なねばならぬことがある〉

〈私は彼女たちの出棺をその朝見たように思う。病棟の端の出入口から看護婦たちによって棺が運び出される。それを雑役夫が手押し車に乗せて、草の中の路をコトコトと押して行く。そういう出棺の姿を私はいくつも見た。その朝は霧雨が赤枯れた草を濡らしていたと思う。あるいはこれは別な日の光景が誤って結びついているのかも知れない。私は母娘の出棺など本当は見なかったのかも知れない〉（以上、「小さきものの死」）

療養所で死んだのはこの母娘だけではない。自らもベッドに横になりながら京二は、患者仲間の死を日常的に見送ってきたのだ。『御代志野』の「出棺（昭和二十四年十一月―二十五年二月)」と題した二三首の短歌の中から三首を引こう。

〈草も木も枯らすがごとくふりつづく氷雨の中を棺のゆくあり〉

〈音もなく冷たき雨のふる夜なりくろずみし部屋に移されて来ぬ〉

〈八号の患者なるべし夜に入りてひときわ高き咳の聞え来〉

　療養所の日々の記憶が、積もり積もって臨界に達したとき、母娘の死の記憶がまざまざとよみがえった。死んだ母娘と、わずか一四歳で粟粒結核のため亡くなった渡辺の次姉洋子の面影もそこに重なった。臨終の際、だれも教えないのに胸の上で合掌し、「京ちゃん、意地悪してごめんね」と言った。〈意地悪をするような人では絶えてなかったのに〉と愛惜する(「いとし子の夭折」)。

〈小さきものは常にこのような残酷を甘受せねばならぬ運命にさらされている。バラ色の歴史法則が何ら彼らが陥らねばならぬ残酷の運命を救うものでない以上、彼らにもし救いがあるのなら、それはただ彼らの主体における自覚のうちになければならぬ。願わくば、われわれがいかなる理不尽な抹殺の運命に襲われても、それの徹底的な否認、それとの休みのない戦いによってその理不尽さを超えたいものだ。あの冬の夜の母娘のように死にたくはない。その思いは、今私が怠惰な自己を鞭うって何がしかの文章を書き連ねることの底にもつながっている〉(「小さきものの死」)

　渡辺京二が石牟礼道子と初めて会ったのは「小さきものの死」を書いた翌年、一九六二年のことだった。京二は、正子と房子との恋愛を通過し、敦子と結婚している。〈青春の暗さを埋葬し終えた〉(『御代志野』)京二は新たな展望を開こうとしていた。

「小さきものの死」を収録した単行本『小さきものの死』（一九七五年、葦書房）刊行の際、京二は道子への献本の扉に次のように書いた。

〈石牟礼道子様／いつもお世話になります。／永遠によろしく〉

正直な気持ちを吐露したものだ。さりげない記述の中の、「永遠」という語は重い。実際、京二はその後、道子と半世紀近く一緒に過ごし、二〇一八年には彼女の昇天を見届けた。〈永遠によろしく〉という献辞を書いたとき、そんな先のことを予想しただろうか。

3　魂の章

石牟礼道子は「魂」という語に幼い頃から親しんできた。二〇一一年に刊行された『池澤夏樹＝個人編集　世界文学全集　Ⅲ‐04　苦海浄土』のあとがきに道子は書いている。

〈わたしの地方では、魂が遊びに出て一向に戻らぬ者のことを「高漂浪の癖のひっついた」とか「遠漂浪のひっついた」という。

たとえば、学齢にも達しないほどの幼童が、村の一本道で杖をついた年寄りに逢う。手招きされ、肩に手を置かれて眸をさしのぞかれる。年寄りはうなずいて呟く。

「おお、魂の深か子およのう」

言われた子は、骨張った掌の暖かみとその声音を忘れないだろう。そのような年寄りたちが村々にいた。

幼い頃、わたしも野中道で村の老婆にこう言われた。

「うーん、この子は……魂のおろついとる。高漂浪するかもしれんねえ」

母はいたく心配した。自分の魂の方がおろおろする人だったからである。ご託宣は的中した〉

石牟礼道子は一方で、「魂」という言葉の伝わりにくさにも触れている。一九九六年九月二十七日、道子の提唱で、「水俣・東京展」（水俣フォーラム主催）開催の前夜祭として、「出魂儀」が開かれた。この「出魂儀」に対し、東京展実行委の一部から違和感が表明された。「宗教くさい」「〝魂〟など気持ちが悪い」というのだ。

その前の月には、「水俣・東京展」のために熊本・水俣から東京湾までうたせ船・日月丸に乗ってきた水俣病患者の漁師、緒方正人が冷ややかな出迎えを受けるという事態も起きていた。水俣の〝魂〟を運ぶのが日月丸の目的だったが、出迎える側にその認識が薄かった。緒方は道子に次のように訴えている。

〈「おら、ほんなこつ、命がけじゃったですばってん……。受け取る手筈は何も出来とらんじゃったですよ。五分もたたんうち、顔見てわかったですよ」〉

孤独を厭わずタフな闘争をつづける緒方をも打ちのめす〈精神上の虚体化〉に道子は衝撃を受けた。ここは自らの言葉で丁寧に説明する必要があると判断したのだろう。道子は「なぜ出魂儀か」という文章で出魂儀の目的を〈患者たちの魂を滅ぼさないためです〉と述べる。その言葉を補完するかのように、〝魂〟の定義を、知人に書き送っている。

〈「魂」という言葉は不知火海域の農漁民が日常、今も使っています。使い方の例、魂の深か子がおる、魂の浅か人じゃ（大人にいう）、魂ばおっ盗られとる（子どもに）、魂ば探しにゆこうかねえ（非行の子などに）魂の抜けてしもうた人間、魂の無か人間、あの人たちにも魂はあるとおもうよ（チッソ幹部、行政の人、国の機関の人、研究者たちなどに）、魂の美しか子、魂のようなか人間じゃ、魂が哭く、喜ぶ、等々。

言葉で串刺しにして、人格にとどけをさす言い方ではなくて、出たり入ったり、深く沈んでいて悲しみをくぐり、光を発したりする魂を、「在る」ものとして表現します。

一人の人間のことを他者がいう時、とても言い表せることはできないという認識に立って、出てきた表現と思います。

患者さん同士で語られる時、この言葉はじつに思い深く、断念を蘇りへむけてうなじをあげるように発語されています〉

以上の道子の言葉を念頭に、本書の記述をすすめたい。

水俣病患者の支援組織を作るに際し、渡辺京二は当初、参加に消極的だった。

「水俣病を告発する会」のメンバーとなるＮＨＫアナウンサーの宮澤信雄は、告発する会発足前後の関係者の動静を記した「水俣病日誌」を残している。闘争初期の水面下の動きを知る貴重な資料である。初めて会った渡辺の姿を宮澤はこう書いている。

〈夜「おきく」という焼鳥屋にいく。三原さんから水俣病対策市民会議を熊本にも作る件についての話合いをするという連絡があったからだ。（中略）

（註、このときぼくは渡辺京二さんとはじめて出会った。おきくに一番早く相前後して着いた渡辺さんとぼくは、お互いに名乗り合っただけで、ほかの人たちが来るまでのあいだ遂にひとことも話をせず坐っていた。以前から聞いた話から想像していた渡辺さんは容貌魁偉な偉丈夫のはずだったが、実際には、熊本で会った人の中で最も端正なというべき人で、ぼくはその意外さに驚いてしまった。きちんとネクタイを締め、端然と坐っていた。黙って煙草を吸っている間にも、むき出しになっている神経の震えのようなものが伝わってくる感じで怖ろしく、早く三原さんが来てくれればいいがと、思い続けていた。あとで上村さんから聞いたところではその頃まで渡辺さんは「熊本風土記」発行でかさんだ借金を背負い、生活のたて直しのために英語塾を軌道に乗せようと、苦闘していたのであった。）〉（「水俣病日誌」一九六八年一〇月一八日）

戸惑いを正直に書いている。有志が垣根を超えて「患者救済」という一点で結束して、支援組織を立ち上げようとしているのである。それなのになぜ〈神経の震えのようなもの〉をむきだしにするのか。もっとフレンドリーであってしかるべきでないか。

三原浩良（毎日新聞記者）、久野啓介（熊本日日新聞記者）、上村希美雄（のちに『宮﨑兄弟伝』などを刊行）らも姿を見せる。話し合いが始まる。まず、三原、久野、宮澤が報道関係者の視点で水俣病をめぐる状況の問題点と思われることを話した。

〈公害認定以後水俣市の世論は再び互助会や市民会議を孤立させる方向で動いており、補償が望ましい方向へ進むためには、何らかの精神的物的援助が必要だろう〉などと三原らは力説した。

三原らの熱意に冷水を浴びせたのは渡辺だった。

〈それはそれでよいとして、自分はこの問題にあまり深入りしたくない。自分が患者だとしても、放っておいてもらいたいだろう。ひとつ水俣や原爆だけが悲惨な犠牲の状態だというわけでなく、むしろわれわれ皆のおかれている状況そのものが、人間性を否定するようなものであることが問題である。自分は石牟礼さんひとりにこの問題をやらせていたということから、彼女への免罪として一口乗りはするが、あまりわずらわしいことはやりたくない、とはっきり言う。そして、「熊本風土記」で水俣問題の特集号を出すことによって、かんべんしてもらいたいと言うのであった〉(同)

渡辺の言うことは正論ではあるが、この場で言うべきではない正論のように思える。反対のための反対に聞こえる。立場の違いを超えて結束するには、小異を捨て大同につかねばならぬはずである。それなのに渡辺の物言いはどうしたことであろう。

渡辺という人は理不尽なものに立ち向かう自分と同じ気質の闘争人と思い込んでいただけに、三原は衝撃を受けた。それでも気を取り直し、患者支援運動の〈趣旨を認めてもらう〉よう努力したが、渡辺のきっぱりとした拒絶的な態度に押され、〈論理の筋も乱れがちだった〉。

情熱派の三原が口をつぐみ、穏健派の久野が口を開く。〈人間みながそういう悲惨な状況にあることが問題だということはそのとおりだと思う。しかし、その悲惨の度合がより強い者を…というふうには考えられないだろうか〉と懐柔を試みるが、渡辺に〈わかっていないんだな、という表情をされてしまった〉。とりつく島もないとはこのことである。

〈それでも渡辺さんは、あくまでも反対ということではなく、会を作るとすれば発起人の中に加わることはよいということ〉になった。これだけ抵抗するのだから渡辺は患者支援運動に消極的だと思われて当然だろう。ところが、焼鳥屋の会合から約半年後、渡辺の態度が一変する。宮澤の日誌である。

〈渡辺京二さんのところから使いが来て、八時半に集まれということだった。来たのは小山という京二さんのところに住み込んで、一緒に塾を教えている若い人だそうだ。確約書を契機に、チッソの不当さに坐り込みによって抗議しようという相談なのだという。

去年、三原さんを中心に「おきく」に集まった時の、またその後H君を通じて聞いた京二さんの話からすると、「坐りこみ」という行動への変化がよくわからない〉（「水俣病日誌」一九六九年四月一二日）

「小山」とは小山和夫。渡辺を尊敬し、九州大卒業後、渡辺の家に同居して渡辺と一緒に行動していた。「H君」とはNHK職員の半田隆のこと。二人とも渡辺京二がチッソ正門前で敢行した座り込みのメンバーである。

渡辺の豹変は水俣病闘争の謎のひとつとされている。渡辺自身、そのことは十分に意識していて、一九九〇年に真宗寺で行った水俣病闘争の総括的な講演でも、〈私が「そんなことやらないよ」と言ったことは証拠が残っております〉と述べ、宮澤の「水俣病日誌」に言及している。

その上で心変わりの理由について〈患者の状況が非常に孤立的〉〈一番基本的な基層にいる民衆の心情・論理〉などを挙げ、〈いわゆる公害闘争じゃないんだ。いわゆる裁判闘争じゃないんだというふうな直覚がありました。だから、「それならやってやるかな」っていう気がありました。石牟礼さんからまた例によってですね、嫌味な言い方がありますんで。「あなたはなさりたくないんでしょうけれども、あなたがなさりたくなければ、このことを何々さんにだけ連絡とっていただけないでしょうか」とか（笑）、そういう形で言われてきますので、そういうこともあったのかもしれません。まあ、結局彼女との関わりが決定的だったと思います〉と述べている。

肝心の〈彼女との関わり〉がどんなものなのか渡辺の談話にはその辺の具体的言及が少なく、長くしゃべったわりには、うやむやにしてしまった印象だ。

八八歳のインタビューでも渡辺の基本スタンスは変わらない。心変わりの理由をたずねられ、ここでもまた、宮澤の「水俣病日誌」についてかなり辛辣に言及している。

〈まあ、やってやらにゃんいかんねという気持ちになったんですよね。どうしてなったかは別にして。やるからには理屈をつけにゃならんからね。そこで理屈を付けたわけだ。宮澤信雄あたりはどうしてかなと思っていたらしいが、そんなこと知ったこっちゃない。勝手にいろいろ思っときゃいい。それはこっちの勝手だ〉（『アルテリ』七号「渡辺京二　2万字インタビュー」）

同インタビューでは、「編集者として半世紀以上も一緒にいたのはすごいですね」という聞き手（編集者）に対し、〈『苦海浄土』で）にわかに売れっ子になった。身辺が大変になったわけだよ、原稿書きから何から。取材には来るしな。熊本に出てくるたびに、旅館を借りるし、見ちゃおられんわけだよ。だから手伝わんといかんようになってね。ということにしてください〉というくだりもある。

『アルテリ』編集者から私は興味深い話を聞いた。最後の「ということにしてください」というくだりを、「ゲラ（校正刷り）の段階で渡辺さんは削ると思っていた」と言う。蛇足といえば蛇足である。彫琢の対象になってしかるべきだ。それなのに渡辺は削らなかった。おれは道子さんのたんなる編集者じゃないんだよ、と言っているに等しい。半世紀付き合った理由は別にある、と言わんばかりである。

魂の邂逅をたどるには、少しさかのぼらなければならない。

一九五〇〜六〇年代の熊本は〝文芸ルネサンス〟というべき活況を呈していた。

共産党員だった渡辺は共産党系の「新日本文学会」熊本支部再建に尽力。同会の人脈を生かして『新熊本文学』を一九五四年に出し、本田啓吉、上村希美雄、熱田猛らが執筆者として参加した。渡辺は上村、藤川治水らと『炎の眼』を創刊。一方では、熊本県庁に「蒼林」、阿蘇には「阿蘇」と文学サークルが盛んに活動していた。渡辺は一九五六年に離党。谷川雁は「反党活動」で六〇年に除名されている。

一九六一年、「炎の眼」と「蒼林」が合併し、「新文化集団」ができる。石牟礼道子と渡辺京二が初めて出会ったのは一九六二年の「新文化集団」会合の場である。「サークル村の才女」として道子を知っていた渡辺は「この人か」と思ったという。同年の『思想の科学』一二月号に道子が『西南役伝説』の一部を発表。民衆の中に入って文章を構築するスタイルに渡辺は新鮮さを認めていた。

しかし、道子の方はこの段階ではまだ渡辺ら「知識人」を警戒する気持ちがあったようだ。「新文化集団へ」という文章では〈自分がなぜサークル村に入ったか、思想で入ったより生理で入った私としては、ふたけたほど何事にもおくれていて、クマモトで分厚いサークル村のバックナンバーをみたときはびっくりした〉などと自らの遍歴中心に、「ソウリングループ」「キョウミ」「カンシン」などカタカナを多用し、もっともらしい理屈が得意な新文化集団構成メンバーを揶揄している。

一連の結成、分裂劇で界面活性剤のような役割を果たしたのが谷川雁である。渡辺によると、雁は「熊本の地方的な伝統を踏まえていなくて、非常に観念的な左翼の集まりみたいなことをやっている」と『新熊本文学』を批判。渡辺を喫茶店に呼び出した雁は、「新熊本文学のメンバーの中で話に足るのは君だけだ。だから、こうやって君に来てもらった」と言った。露骨なそのうれしがらせを、人心掌握術にたけた雁の手管のひとつだと渡辺は警戒した。ともかく、渡辺と雁の交流が始まった。評論集『原点が存在する』を出した雁は「原始の妣がいるようなところに、つまり深いところに下りていけ」と不特定多数の仲間に号令を発し、水俣の道子は「おれ家の方角だ」と共感していた。「炎の眼」と「蒼林」の合同もオルガナイザーたる雁の講演がきっかけである（『アルテリ』七号「渡辺京二　2万字インタビュー」）。

一九五九年から上京していた渡辺は一九六四年春、『日本読書新聞』を辞め、六五年春、熊本に帰ってきた。すでに妻子がいる。生活の資を得るため約半年、書店勤めをする。その後、姉から三〇万円をもらい、背水の陣で創刊準備を進めたのが『熊本風土記』である。この雑誌で生計を立てるつもりであった。

渡辺は、メイン・ライターとして道子を起用することを決めた。『西南役伝説』の文体は自分にはないものだったからである。しかし、新文化集団の会合で一回会ったきりで、つてがない。

幸い、水俣出身の谷川雁が「サークル村」での付き合いもあり道子をよく知っていた。雁の「紹介」で渡辺はバスで水俣へ行く。高速道路が整備された現在とは違う。当時、熊本市から水俣市への一般道は四時間近く要したのではないか。

そのときの、道子とその家族の様子を、渡辺は料理の味も含めて生き生きと回想している。

〈昭和40年の秋ごろか、夏の終わり頃にでも行ったのかな。行った時の記憶は、だんなさんと高校生の息子さんがいた。それで晩ご飯を食べていきなさいと言われて、食べて帰った。「この人は料理が下手だな」と思った（笑）。なんかシチューみたいなものを出されてね、その中にチーズが入っていて、俺の口に合わなかったんだろうね。あの料理上手なのにさ（笑）〉（『アルテリ』七号「渡辺京二　2万字インタビュー」）

続けて語られる〈その翌年だったかな、それともずっと後のことかな。石牟礼さんの家で「梅が咲いていますね」と言ったら、「あなた、あれは桃の木よ。あなたは梅も桃も区別がつかないのね」とバカにされたんですよ（笑）〉という挿話もボケとツッコミの公開漫才のようであり、ときに芝居気に包まれる道子と渡辺にはいかにもありそうなことだ。

道子の書斎の印象を渡辺はどう語ったのか。『苦海浄土　わが水俣病』の渡辺の解説は同書理解の〝聖典〟として繰り返し引用され、食傷気味の読者もいることは承知で、渡辺がどんなふうに記したか今一度たどってみよう。

〈四十年の秋、はじめて水俣の彼女の家を訪れた時、私は彼女の「書斎」なるものに深い印象を受けた。むろん、それは書斎などであるはずがなかった。畳一枚を縦に半分に切ったくらいの広さの、板敷きの出っぱりで、貧弱な書棚が窓からの光をほとんどさえぎっていた。それは、いってみれば、年端も行かぬ文章好きの少女が、家の中の使われていない片隅を、家人から許されて自分のささやかな城にしたてて心慰めている、とでもいうような風情だった。座れば体ははみだすにちがいなく、採光の悪さは確実に眼をそこなうにちがいない〉（渡辺京二『苦海浄土　わが水俣病』解説）

道子によると、当時の家は一九五三年頃、父の亀太郎が水俣川の上流から流れてくる廃材などを使い、鶏小屋を改造してこしらえたものだ。〈畳一枚を縦に半分に切ったくらいの広さの、板敷きの出っぱり〉も父が作ってくれた。座り机一台と薄暗い電灯だけの書斎である。机は小学生の頃から使っていたもの。一九八六年に家を新築してから旧宅は空き屋状態となり、〈ときどき覗きに行きますと、裏の丘陵からやって来た子連れの狸の家族が猫たちと同居しておりました〉という。二〇一三年秋に解体された。道子は冗談交じりに「あの家は永久保存よ」と口にしていたのだが、シロアリが周辺の家に脅威を及ぼすようになっており、放置できなくなっていた。

外見の印象からは「一軒家」というより「小屋」といった方が適切である。私は数回外からながめただけで、ついに中に入ることができなかったのを残念に思っている。道子の長男道生や妹妙子らによると、玄関に足を踏み入れただけで、家の中全体を見渡すことができたという。平屋の屋根の下、仕切りがない。玄関には半畳ほどの土間があり、そこから、台所、居間など家中が目に入る。

話は一九六五年秋に戻る。渡辺の寄稿要請に道子は応じた。のちに『苦海浄土　わが水俣病』の初稿となる「海と空のあいだに」を渡辺にゆだねることにした。雑誌『現代の記録』を水俣の仲間たちと創刊したものの一号雑誌で終わってしまって、あとが続かずにいた道子にとって、渡りに船であった。それだけではなく、かけがえのない作となる予感があり、信頼に足りる人から声がかかるのを待っていたのだった。

〈水俣病原稿、ユーウツでチチとして進みませんが、何とかせねばと思うことですが、困っています。どうやら書くとは思いますが〉（渡辺京二宛て石牟礼道子書簡、一九六五年九月一三日）

「水俣病原稿」とは「海と空のあいだに」のことである。入念な書き直しをへて、原稿はできているが、いざ清書してみると納得できない。難渋と言ってもいいくらいだ。

〈昨日は御疲れさまでした。／コオロギとイモムシの対面のごとき前半、どうなることかと気をもみましたが、まづはこちらの面々との交流、うまくいったようでホッといたしました。／「ありゃあよか若者じゃがな」とは、はじめのうたぐり深かった態度もうち忘れての彼らのあなたへの評です。／一度ほれこんだらあとはトロトロと一心同体というのが、水俣の男たちの身上です。徐々に協力態勢がつくられてゆくことでしょう〉（渡辺京二宛て石牟礼道子書簡、一九六五年九月二二日）

『熊本風土記』創刊を前に渡辺は熊本各地を訪ねて、拠点づくりに余念がなかった。渡辺が水俣に最初に行ったのは一九六五年九月一九日である。道子が『現代の記録』の人脈などを生かして人を集めてくれた。渡辺、石牟礼のほか、赤崎覚（市役所衛生課職員）、松本勉（市役所建設課職員）

ら六人である。渡辺は初対面の水俣の人々に「よか若者」という好印象を与えたようである。道子は「一心同体」を期待している。

〈さてこちら、風土記水俣事ム局を形、中味、ともに発足させるべく工作中。現代の記録をなし崩しに横すべりさせても元のもくあみなので（結局私ひとりの手仕事になっていましたので）このまゝでは、彼らの主体性もひき出せないし、また私の逸枝研究も時間的に出来ないので、あなたが今度いらっしゃる日までに、陣容とゝのえるべく、準備中〉（渡辺京二宛て石牟礼道子書簡、一九六五年一〇月二日）

〈風土記の手伝い、ということでなく、自分のこととしてやって参ります。非常に苦痛なことですけれども〉（同）

渡辺の雑誌『熊本風土記』を支援しようと道子は懸命になっている。〈自分のこと〉と書いて、一号雑誌で終わった『現代の記録』の轍を踏むまいと自らを奮い立たせる様子がうかがえる。執筆者の一人というより、この段階の道子は雑誌の運営者の立場に近い。〈風土記水俣事ム局〉を本気でつくろうとしていた。

〈水俣病、文体がギョウ縮しなくて弱っています〉（渡辺京二宛て石牟礼道子書簡、一九六五年一〇月五日）

〈水俣病早くオカネになるよう書き急いで風土記の土台を固めなければと、今、駅のベンチで考えているところです。（笑ワナイデください）「熊本駅にて」石牟礼〉（渡辺京二宛て石牟礼道子書簡、一九六六年八月一三日）

水俣病、すなわち「海と空のあいだに」は容易に形にならなかった。道子の苦吟は続いている。水俣から熊本に来る貧乏主婦の道子は熊本駅で夜を明かすことがよくあった。暗くなった駅のベンチで、〈風土記の土台を固めなければ〉と念じる道子がいる。

「海と空のあいだに」は『熊本風土記』（一九六五年一一月〜六六年一二月）全一二冊のうち八冊に掲載された。連載時のタイトルと掲載月日は以下の通りである。

①「第一回　海と空のあいだに」（一九六五年一一月）②「第二回　ある老漁夫の死」（六五年一二月）③「第三回　昭和三十四年十一月二日朝」（六六年一月）④「第四回　昭和三十四年十一月二日のこと」（六六年二月）⑤「第五回　坂上ゆきさんのきき書より」（六六年六月）⑥「第六回　坂上ゆきのきき書より（承前）」（六六年七月）⑦「第七回　海底（うなぞこ）の神々」（六六年八月）⑧「第八回　海底の神々　その二」（六六年一一月）

創刊号の校了（編集作業の完了）は一九六五年一〇月二三日である。同二八日にはできたばかりの『熊本風土記』一〇〇五部が渡辺宅に搬入された。発送作業に忙殺されている渡辺に、道子の書簡が届いている。

〈山中九平こと松田富次（仮名ということわりは出さなくていゝでしょうか?）の姉は、私とおない年の昭和二年です。（登場人物の生年月日、患者番号はルポルタージュですから事実に従いました）おなじ年の漁師の娘のすさまじい殺され方にはじめショクハツされたのです。女の一生のうちでの生殖能力についていろいろ考えさせられます。／山間海浜での性について、水俣病もいやおうなくぶつからざるをえません。生命の母胎に流された毒をどんな風に書けるか、と思っ

ています〉（渡辺京二宛て石牟礼道子書簡、一九六五年一〇月二七日）

山中九平は「海と空のあいだに」第一回の冒頭近くに登場する少年患者である。松田富次をモデルにしている。校了後に「ことわりは出さなくてい丶でしょうか？」などと聞かれる編集者の困惑は想像に余りある。実在の患者がモデルではあるが、ことわりは出さずに、仮名で通すという方針は、その後の『苦海浄土　わが水俣病』でも一貫している。書簡はさらに、〈第二回分のつもりの原稿は出来ていますが、三・四・五——と構成上どう入れかえたらよいか、ケントウ中、三十一日御来水までにはきめて、お渡し出来るよう手を入れておきます〉と続く。渡辺は「海と空のあいだに」の第一回目が載っている創刊号を水俣に持参したらしい。

〈水俣には、〝文化人〟がいないのがなによりしあわせ。いっぱしのトカイらしいクマモトブンカカイ、気の小さい私にはクワバラです。孤立を孤立をと毎日おねんぶつのようにとなえていま す〉と道子らしい片仮名を効果的に使った皮肉な調子で手紙を締めくくっている。〈おねんぶつのようにとなえています〉というフレーズを道子は気に入ったらしく、『苦海浄土　わが水俣病』のチッソの悪名高い見舞金契約のくだりで、〈大人のいのち十万円／子どものいのち三万円／死者のいのちは三十万円／と、わたくしはそれから念仏にかえてとなえつづける〉と書いている。

〈昨日は大へん御苦労さまでした。／まづ創刊号の前途を祝しておめでとうなり云うべきでしたが、あなたのその、ホリュウのお体つきみていると、ぶったおれるんじゃないかしらん、というおもいがアタマに来ていていてい丶そびれました。かくなる上は、もはや後にはひけないでしょうから、お覚悟めされて、御身御大切になされませ〉（渡辺京二宛て石牟礼道子書簡、一九六五年一一月

二日）

創刊を祝う手紙である。渡辺の体力を心配するこの書簡では熊医大精神科にも言及している。〈原田という人いる筈ですが、私はこの人たちには正式対面をしておらず、市役所衛生課保ケン婦ぐらいには、思っているでしょう〉（同）

医師の原田正純の名前を挙げている。胎児性患者発生の究明や未認定患者の発見に大いに貢献した原田は検診についてくる道子のことを「保健婦かと思った」と振り返っているが、道子の方でも早い段階から、「保健婦」と思われていることを自覚していたのだ。

気心が知れるにつれて、道子は、日常のモヤモヤを渡辺に訴えるようになる。〈さて私がクマモトにもどこにも出ブショウになるのは〝帰り〟というのがあるのでイヤなのです。私は一体どこへ〝帰る〟のかと、帰るところがあるのかと、ジツにヤリキレナイカンジ〉（同）

〈私の一生はもうとうに終りました。なんとみのりうすい時代だったことでしょうね、この昭和という年代は。／私は私自身の遺産や遺志をしょって新しく生きなおさなくちゃいかんのですよ。自分の胎内に自分がいる感じ。この子を生まなくちゃいけません。御苦労なもんです〉（同）

厭世観漂う話をする一方、〈自分の胎内に自分がいる〉という気宇壮大な創造の話も好むのが道子だ。絶望を抱きながら希望を探す道子の生き方が言葉の端々ににじむ。

〈私、近頃しきりにコーフクという言葉を使いますようですね。昔、自殺する前、志賀狂太という放浪歌人が、コーフクだコーフクだと云って、ぱっと見事に死んじゃった事思い出しますが、（私はこの変テコリンな歌人を愛していたのですが）私が今コーフクという言葉を連発したから

といっても大丈夫ですよ〉（渡辺京二宛て石牟礼道子書簡、一九六五年一一月一四日）

　コーフクという言葉を冗談半分、反語的に使って、渡辺を困らせている。「死」という言葉に渡辺はぎょっとしたことだろう。やはり、思っていた通りの人だ、と納得する気持ちにもなったであろう。風土記は発行を重ねる。

〈風土記第三号いたゞきました。ごくろうさま。／全く月刊というのは大へんですね、年末年初、わたくしは、すっかりノイローゼです。（ニンゲンキョウフ症）〉（渡辺京二宛て石牟礼道子書簡、一九六六年一月五日）

〈年頭にあたり　ワタナベさんをなぐさめばやとペンとり候へども、ジブンが不安で書いているようです。気分わるし〉（同）

〈いま熱くにがいお茶をたて、ひと口　のみました。すこし　メマイとれ、トケイの音きこえてきました。とてもしづかです。しづかだと、コーフクです。ア、またコーフクを云ってしまった。（しかし反語の反語の反語の、の、の、です）〉（同）

〈今夜から水俣病　手を入れます。あと五日かゝります。すみません。うらめしい正月。息子大学ゆくか　それとも就職するまで（あと一年半）主婦であることやめられず。それ以後　勉強に不都合あれば　リコンせん方なし〉（同）

「リコン」を視野に入れて、文学に打ち込みたい、というのである。夫は妻が留守がちの家をしっかり守っている。息子は父の姿を間近で見ている。夫と息子は当惑しただろう。森の家から帰った道子は「離婚」を口にするが、息子は「お父さんがかわいそうだ」と猛反対した。

一方、『熊本風土記』は資金難に直面していた。渡辺がいかに孤軍奮闘しても田舎のリトル・マガジンには限界がある。〈その後、風土記および御生活の方の金ぐりは如何になっているかと毎日気がかりで、何の御協力も出来ないことは無念でなりません〉（渡辺京二宛て石牟礼道子書簡、一九六六年四月一三日）

道子も経営難には気を揉んでいるが、貧しい道子にはどうすることもできない。

八号（一九六六年七月）の編集後記をみてみよう。

〈経営の危機はいぜんとして続いている。郷土文化の向上のためとか、革命の大義のためとかいう麗句を掲げて協力を期待するような心根を私たちは拒む。人間が日々生きて行かねばならぬその事実の前には、こういう雑誌発行は道楽にひとしい。ただその道楽に私たちは思想の生死をかけている。私は強請も乞いもしない。揚言も広言もしない。私たちの志は八冊の雑誌としてここに示されている。志をともにする人びとの自発的な支持だけが私のたのみである。魯迅に「寂寞」という言葉がある。今ふかくそれを思う〉

渡辺の文章らしい格調は保っているが、要は、つぶれかけているから助けてくれといっているのである。その次の号の編集後記には〈経営危機のりきりにあたり、次の各氏のご援助をいただいた〉とあり、石牟礼道子ら一六人の名を挙げている。一応危機は脱したらしいが、依然として低空飛行が続く。

〈今夜から万ナンを排し水俣病とりかゝり、それを持って十七日か、十八日上熊のヨテイです。二泊させては下さいませんか〉（渡辺京二宛て石牟礼道子書簡、一九六六年四月一三日）

いまはとにかく「海と空のあいだに」を完結させなければならない。経営状態は悪くとも、掲載作品は冴えていた。とりわけ「海と空のあいだに」は水俣病という類例のない主題と格闘する文体が夜光虫のような稀少な光を放っていた。〈「ゆき女聞き書」と「天の魚」の章を読んだ時、私はすでにこの作品が傑作であることを確信していた〉（『苦海浄土　わが水俣病』解説）という渡辺の言葉を待たずとも、行文の非凡さは明らかだった。

〈原稿拝受。この章のタイトル、何とつけましょうか。お知らせ下さい。写真は「水俣病」の第一頁のものを使おうと思いますが、よいでしょうか。／道生君には一泊してもらいたかったのですが、友達が早く帰りたがっておられて残念でした。／二月号早く出そうと思いながらおくれてしまいました。三種の関係で二月号はどうしても出すつもり。今度いただいた分は三月号にのせるつもりです。では又〉（日にち不明）

道子宛ての渡辺のはがきである。「拝受」した原稿はどの回なのか、判然としない。「三月号にのせるつもり」とあるが、三月は休刊している。となると、六六年六月に出た「第五回　坂上ゆきさんのきき書より」を指すのか。いずれにせよ、「海と空のあいだに」の各八回のタイトルには道子の意向が反映されていたことがうかがえる。

原稿の文言を撤回することもあったらしい。編集者渡辺京二は「手を入れることはほとんどなかった」と、道子からは毎回ほとんど完成原稿が来た、と証言しているが、若干の調整はあったのである。

〈さきほど送りました原稿の中に、半ばか後半あたり、「――あんたおくさんじゃろ？　笑いなはんなよ。うちの手はぢいちゃんの大事なムスコば握ることができんとばい――」という記述、いささか面映ゆく入れたがよかったか、フオントウではなかったか（文章がそこでちょっと下がる訳ですけれど、――事実はもっとねじれているのですけれど――）気になっています。よい表現も考えつかないまゝしきりに気になっています。サクジョしたがいゝでしょうか　おまかせします〉（渡辺京二宛て石牟礼道子書簡、一九六六年六月一八日）

「大事なムスコ」うんぬんのエピソードは『苦海浄土　わが水俣病』にないものだ。「下ネタ」と言われても仕方のない書き方である。書いて送ったものの、道子の書き手としての本能が「大事なムスコ」うんぬんのくだりは作品になじまないと告げているのだ。渡辺も迷っていたのだろう。道子の手紙を見て、「大事なムスコ」のくだりを思い切って削除することにした。

『熊本風土記』は創刊から一年一ヵ月後、突如終焉を迎える。一九六六年一二月一五日、渡辺の長女梨佐が交通事故で左大腿骨骨折の大けがをした。〈何しろ大きい骨なので全治するのはこの春とのこと〉。渡辺は梨佐の治療に全力を傾注する。苦境を乗りきろうと自らを鼓舞するごとく今後の予定をつづる。

〈風土記は一月号を出して二、三、四の三ヶ月休刊します。その間滞納の回収と打開策の検討についやすつもりです。五月号からはかならず復刊するわけですが、あなたの連載つづけたいと思っていますので、準備の方、よろしくお願いします。（中略）「海と空のあいだに」の連載の件、それに水俣庶民史についても打合せたく思っています〉（石牟礼道子宛て渡辺京二書簡、一九六七年一月一一日）

資金難は乗り越えがたい水準に達しており、梨佐のけがからも目が離せないことから、雑誌発行は断念せざるを得ない状況になった。〈風土記は一月号を出〉すことはなく、六六年一二月の第一二号で終了した。一二冊を出して終わったのである。

まず徳間書店から「海と空のあいだに」の出版の申し出があった。多忙ということもあり保留にしていた。そのうち『熊本風土記』八回分を上野英信が岩波書店の旧知の編集者に持ち込み、断られた。次に話を持って行った講談社から出版の確約を取り付けた。これだけでは一冊の分量に足りないということで、闘争前史などの書き下ろしを加え、完成したのが『苦海浄土　わが水俣病』（一九六九年一月講談社刊、『苦海浄土』三部作の第一部）である。道子はうっかりして出版決定を渡辺に知らせていなかった。弁解するような道子の手紙がある。

〈岩波は予想どおりダメとのことで、上野さんをどうおなぐさめしてよいやら困りました。そしたら上野さんはあとすぐ講談社に持ちこまれたとのことで、私はこれもダメにちがいないとおもいきめ、まあまあなるようになって日時を経れば番町ゆきと楽観して帰り、そのこと渡辺さんに報告もせずにおいたところ、この二十一日、追っかけて、講談社で出したいとのしらせをうけました。そこで私も観念して、講談社から出すハラをきめました。／いろいろご心配かけましたがそのようになります。まだこまかい打合せには入っていませんが、結びの章の構成にとりかかっています。私のつもりではこれは第一部です。ほんとは「怒りのぶどう」ぐらいの量と質で出したいのですが、目の治リョウもあっていま早急にオカネが要るのです。左の目悪くなるばかりです。左だけではもう新聞の字こんなんです〉（渡辺京二宛て石牟礼道子書簡、一九六八年六月二七日）

〈西南役もはやく一冊になるよう仕上げたいのですけれど。健一氏おみえになりましたか。／講談社とのことこまかくならない前にいちどいろいろ御意見うかがいにゆきたいのですけれど、いま田植のジュンビでまわりが気が立っているので、私もいそがしくて座ることもできません。二十八日がさなぶりですから、それをすまして上熊します〉（同）

〈これは第一部〉と言うからには、『苦海浄土』三部作の構想が既に芽生えていることが分かる。さらに、〈西南役〉とあるのは西南戦争を経験した古老の話をベースにした『西南役伝説』のことである。『苦海浄土　わが水俣病』と『西南役伝説』は「姉妹作」（石牟礼道子談）にふさわしく、同時並行で構想・執筆が進められていたのだ。

「海と空のあいだに」の書籍化は渡辺にとっても慶事だった。〈講談社の件、先日赤崎氏来宅された折にききました。何よりのことと存じます。（中略）その後私もあいかわらず仕事に忙殺され、水俣病に関して動き出すに至らず、期待をうらぎることははなはだしい有様です。どうかもう少し余裕をみて下さい〉（石牟礼道子宛て渡辺京二書簡、一九六八年六月二九日）

〈赤崎氏〉とは『苦海浄土　わが水俣病』に水俣市市役所衛生課吏員として登場する蓬氏のモデル赤崎覚だ。〈水俣病に関して動き出すに至らず〉とは、道子が渡辺に患者支援運動への助力を求めていることを示す。〈期待をうらぎることははなはだしい有様です〉と弁解している。この時点で、水俣病は渡辺にとって、まだ他人事である。

『熊本風土記』の終刊で、作家と編集者という道子と渡辺の関係は終わったかにみえた。媒体がなくなれば編集者と作家の縁は切れてしまう。ところが、「五月一二日」という日付けのみ明らかで、何年かが不明の道子宛て渡辺書簡がある。『熊本風土記』終刊後のものだ。大要は以下の通り。〈今日アローでゆうべ熊本駅で夜明かしなさったことを知りました。そんなことをなさっていたら、ほんとうに身体をこわしてしまいます。（中略）静かにひっそりと生きたいものです。（中略）あなたと知りあえたことを私はこの世の浄福と考えています。（中略）私は世が世であれば出家遁世をしたいと思います。（中略）何とか雑誌を出したい。それだけがほんとうの仕事です。一しょに雑誌を出して下さればうれしいです。二人の名前で出しましょう〉

〈アロー〉とは渡辺と道子の行きつけの熊本市の喫茶店である。〈熊本駅で夜明かし〉は渡辺の『苦海浄土　わが水俣病』解説の〈彼女は最終列車に乗りそこねて駅の待合室で夜明しすることがよくあるらしいが〉と照応していよう。〈何とか雑誌を出したい〉というのは、『熊本風土記』終了後、また新しい雑誌構想を渡辺が温めていることを示す。

〈二人の名前で出しましょう〉という言葉のなんと甘美であることか。〈あなたと知りあえたことを私はこの世の浄福と考えています〉という一文は道子の胸にストレートに飛び込み、彼女を幸福にさせただろう。正直な気持ちを吐露し、相手への信頼に満ちている。ここまで無防備に自分をさらけだすには、相手は決して自分を裏切らないという確信がなければならない。

何があったのか。状況をつかむには、道子と渡辺が当時書いた文章を精査せねばならない。資料を渉猟した結果、一九六九年の三月上旬から中旬にかけて、決定的な出来事があったことが分かった。世俗的な意味ではなんら風景は変わらない。しかし人間にとってより本質的な〝魂の邂逅〟というべき事態が生じていたのだ。

魂が巡り合い、お互いに分かり合うためには、魂が眠りから覚めねばならない。雑誌を一緒に刊行することによって、互いに気持ちの高揚は感じていた。魂の邂逅には、さらに飛翔が必要である。呼び水となったのは道子書簡だ。

〈私は一体何をいいたいのか。／私自身の不幸感は私自身で処理せねば――とながい間、処理してきました。たいがいのことは許せます。ひとさまのことは。いやそのへんのことになるとあやしい。ひょっとすると、自分だけをゆるして来つづけたのではないか、だから、これほどまでに永生きできたのではないか。よっぽど私は恐しい人間ではないか、つまり自分本位な人間ではないかと、息がつまりそうです。私はいつも自己断罪をしそこなっている人間です。それを語れといわれれば、途方もないロングの世界を巻きもどさねばならない。／それを語る必要は恐らくないでしょう。／ただねむれないだけです。いやいやいつもねむりつづけていますから〉（渡辺京二宛て石牟礼道子書簡、一九六九年三月一一日）

〈渡辺さん、どうか体をコクシなさらないで下さい、どうかどうか、お子たちとあつこさまのこと、私はどんなことでもいたしますから。おねがいします。私は祈ることのできる女です。／三月十一日夜、やがて夜があけます。道子〉（同）

〈やがて夜があけます〉と書くことで、道子は何を待っているのか。〈私は祈ることのできる女です〉という言葉は意味深長である。何を祈るのか。京二と自分とのこと、〈体をコクシ〉せねばならないほどのこと、魂の邂逅は間近だと言っているのだろうか。

〈何もせず、怠けてブラブラしていて、しかも悲しくて悲しくてたまりません。一体なぜこういうことになったのだろう。ついこのあいだまで世界中のすべての人間と決裂しても生きて行けると思っていたのに。人を信じ人を愛するということはまったく悲しいことです。信じざるにしかず、愛さざるにしかず。僕の精神の平衡はどうやらそういうみみっちい限定の上に成り立っていたらしい〉（石牟礼道子宛て渡辺京二書簡、一九六九年三月一六日）

何かと思えば、人生反省の弁である。道子相手に渡辺は何を語ろうとしているのか。

大きな振幅に気をつけねばならない。よく読めば、次のステージに進んだ歓喜の弁でもある。

〈僕のなかで「さびしい、さびしい」といっている魂は、何か全体的なもの、球のようなもの、いや宇宙全体を包含する統一のようなものに合体したく、かわいている魂は一体どうなるんでしょう。こういう欲求に関係のないらしい人間、それにきっぱり決着をつけてしまえる人もいるらしい。でも僕はそうできないのだから〉（同）

かりそめの精神の均衡は卒業し、破滅をも辞さぬ魂の邂逅を目指すというのである。しかしそれは魂の片われの一方的な望みでできることなのか。『苦海浄土　わが水俣病』解説に、〈石牟礼氏が患者とその家族たちとともに立っている場所は、この世の生存の構造とどうしても適合することのできなくなった人間、いわば人外の境に追放された人間の領域であり、一度そういう位相に置かれた人間は幻想の小島にむけてあてどない船出を試みるしか、ほかにすることもないといってよい〉とある。

渡辺がそう書くことができるのは〈人外の境に追放された人間の領域〉を渡辺もまた知っていたからである。知らないでどうして断定することができよう。リアルな自分自身のことだからこそ〈人外の境に〜〉とイメージ喚起力豊かな言い回しが可能なのだ。〈あてどない船出を試みる〉絶望は渡辺のものでもある。

闘争のさ中、渡辺は日記に書いている。〈人外の境に追放された人間の領域〉を別の言葉に置き換えたものだ。魂の邂逅を語る前に、その日記を、渡辺の言葉を引用しよう。自らの孤独のありさまを正直に述べている。

〈暗愁とでもいうべき感情がずっと心をむしばんで来た。心楽まずという言葉や鬱々たりという語が適合するようなそういった感情である。これも近頃になってはじまったことではなく、歳久しいものであるが、それにしてもこの愁いは歳と共に強まって来たもののようだ。その根拠、その様態をこのところ、いくらか分析的に明らかにしようとして見たつもりだ。そしてそうして見れば、それがほかならぬ自分という人間、人格の欠陥に根拠をもち、一言でいえば幼児的な自愛心をもととしていることはよく納得できるのであるが、それにしても、その点いかに修養につとめるにしても、或る現実に対する嫌悪感、現実と常にそごを来たす欠落の感覚はとりのぞきようもないものに思われる〉（「渡辺京二日記」一九七〇年一〇月二九日）

〈現実と常にそごを来たす欠落の感覚〉は道子だけのものではなかった。自分と同じくらい深い孤独を渡辺は道子に見出し、道子もまた孤独の同族の出現を喜んだのである。渡辺の一九六九年の三月上旬から中旬にかけての道子宛て書簡のテーマは、〈熊本と水俣との間に細い糸ほどの連帯をうちたてる可能性〉（石牟礼道子宛て渡辺京二書簡、一九六九年三月一六日）である。

そうであるならば、かつての焼鳥屋「おきく」での会合のように、〈公害認定以後水俣市の世論は再び互助会や市民会議を孤立させる方向で動いており、補償が望ましい方向へ進むためには、何らかの精神的物的援助が必要だろう〉などのもっともらしい意見を開陳し、組織作りの具体的方策について意見を交換すべきであっただろう。渡辺はそうしなかった。彼が語るのはもっぱら魂のことである。〈水俣と熊本の最良の事業を統合する〉（石牟礼道子宛て渡辺京二書簡、一九六九年三月一六日）には魂の邂逅が不可欠であり、ほかのことは付随的な事柄に過ぎない、という確信があるのだ。

言葉を交わすうち、道子と京二、共に〝破滅〟することは互いの了解事項になった。あなたとなら、いつほろんでもいいのだ、という京二の心の声を、道子は、正確に聞き取った。実際にそう伝えたかもしれない。いずれにしても、道子は予感しただろう。いや、京二がそう気持ちを固めるように、道子の方から仕向けたのかもしれなかった。二人して地の果てをさすらって死ぬことは、決して許されることのない幸福である。道子の心身から発せられる甘美な死へのいざないの音を、いったいだれが拒むことができようか。ともに死ねるところがあるとすれば、〈それはただバリケードの上でだけ〉（石牟礼道子宛て渡辺京二書簡、一九六九年三月一九日）なのだ。

焼鳥屋「おきく」でのやりとりを思い起こしてほしい。紋切り型で迫ってくる相手には紋切り型で応じるしかない。なんと屈折した渡辺の絶望であろうか。正義を掲げる新聞記者らに向けて空疎な論を展開する渡辺の姿には、深いところでつながれない苛立ちが感じられる。

しかし、相手が道子だと、まるで別人ではないか。真に出会うべき相手と巡り会って渡辺の魂が雀躍りしている。奇跡のような巡り会い。互いの魂が光を放つ喜び。未知の領域に触角が無限に伸びていく自在感、果てのない可能性の予感に、魂が感応して叫び出さずにはおれないのだ。〈あなたの中にはあまい死へのいざないの音が流れています〉（同）。甘美な道行きの行き着く先は「死」である。死なないと手に入れられないものがある。この世では実現できないが、それを希求することで日々をつなぐ。渡辺の文章には、その後の水俣病闘争が標榜した「もうひとつのこの世」の萌芽がある。

〈水俣からの帰途、たそがれの美しい風景を見ました。崖の上に夕空を背にして菜の花がそよいでいる夢のようなけしきを。悲しかった。「読書」と週刊朝日の書評読みました。朝日の書評はかなりよく読めた書評だと思いました。今まで僕が見たうちではいい方だと思います。この間お話忘れたのですが、あなたの本、長崎書店でベストセラーの八位だか、九位だかになっています。ただあなたのあの本は、本質的には少数の読者のためのものですね。「読書」の写真、切り抜きました。実に美しいあなたです。あなたがもっともよく現れた表情です。僕は崇高なくらいに思っています。悲しくなってさえしまいます〉（同）

これら渡辺の言葉に対応する道子の言葉は残っていない。しかし渡辺は何もないところに楼閣を打ち立てる軽率な士ではない。誠意に誠意をもって応える義理と人情の男である。魂を震わせる言葉を道子もまた渡辺に与えたはずである。

道子と京二の魂の邂逅は、世俗的には、すなわち近代社会的視点からは「不義」と見なされる。二人とも近代法に基づいた配偶者がいて子供もいる。引用した文章から分かることは、道子が渡辺に「責任」を求めたことだ。一緒にいる時間が増えるとはいえ、決して互いの家庭は壊さない。

そう道子は求め、渡辺も受け入れた。〈あなたがその責任を僕に誓わせてくれるようなひとであることに、僕は感謝すべきなのです〉（同）

〈どうかどうか、お子たちとあつこさまのこと、私はどんなことでもいたしますから。おねがいします〉という道子の言葉がよみがえる。冷静に冷静にと自らに言い聞かせる二人だが、激情は時に理性を超える。さとられぬよう配慮していても、ほころびが出ることもある。ある夜、道子の家で会合があった。患者支援組織をいかに作るかについての少人数での話し合いだ。

〈道子さん、あなたの歌があまりに苦しく、僕は逃げ出してしまいました。あまりに美しいので、何か激烈なもの、孤独なものに身をさらしたく、夜風の中に出たくなったのです。歩いて駅まで行きました。寒かった。ぶるぶるふるえているうちにやっと一番列車が来ました〉（石牟礼道子宛て渡辺京二書簡、一九六九年三月二〇日）

この夜、道子は歌ったらしい。小さい頃から水俣の浜辺で歌ってきた人である。「トロイメライ」「宵待草」「この道」「叱られて」……。

〈あなたの歌には深い放棄の念ともっとも底辺的な愛がこもっており、僕は死の島に船人をさそうというサイレンの歌のようにそれを聞くのです〉（同）

「歌」というからには「短歌」を披露した可能性もある。道子は二〇代で頭角をあらわした先鋭歌人でもある。熱情を託すには短詩形は絶好だ。歌集『海と空のあいだに』に収録されている歌は時期的に該当しない。単行本未収録作の中からこの場にふさわしい歌を拾い上げる。

〈どこへなりともお連れになって下さいあの月がオレンジにくづれているから〉

〈われにきこえし息くるしげにながれければおそれを持ちて微かに身じろぐ〉

〈くづれ去る刹那の如きを保ちおりわが前にかぎりなき交錯があり〉

〈魂を奪いし覚えはないと云うに地の下に来ておとこは去らぬ〉

〈変調の楽章はまだ鳴りひびきふと予感するわれの終焉〉

〈身じろげば闇となるべしわれをめぐり螺旋の青はいまかがやけり〉

どの短歌も該当しそうな気がするのが道子の怖いところである。どの歌でもいい、これを道子の甘い声で朗誦されたら、男は悶絶するしかないであろう。

〈私の心の中はやさしい歌をうたっていて、それだけがうつくしいといえばうつくしく、歌などは自分のためにしかうたえないものですね〉（渡辺京二宛て石牟礼道子書簡、一九六九年三月一一日）

横になった渡辺に、道子がふとんを掛けた。渡辺は眠っていなかった。〈うれしかった。破れかぶれな気持で〉（石牟礼道子宛て渡辺京二書簡、一九六九年三月二〇日）寝たふりを続けていた。


患者支援運動への参加を渋っていた渡辺が、今度は「座り込みをしよう」という。焼鳥屋の会合から約半年後、渡辺が豹変した理由はもう明らかだろう。魂の邂逅の果ての世界を極めねばならぬ。バリケードの上で死ぬという幻を共有せねばならぬ。

〈「坐りこみ」という行動への変化がよくわからない〉と事情を知らない宮澤が首をひねるのは当然である。しかし、渡辺にしてみれば、なぜなのか説明のしようがない。仮に説明しても宮澤には理解不能だっただろう。

チッソ水俣工場正門前での座り込みを呼びかけるビラを渡辺が配ったのは四月一五日。「サイレンの歌」の夜から二六日後である。四月一七日には、渡辺、小山和夫、半田隆、久野啓介、道子の長男道生の五人が座り込みを決行。闘争開始の狼煙をあげた。

四月二〇日には渡辺らが「水俣病を告発する会」を結成。前年の水俣病対策市民会議発足で動きだした水俣病闘争が一挙に本格化する。

4　闘争の章

一九五九年七月に熊大医学部研究班が水俣病の原因を有機水銀と発表。汚染源としてチッソ工場が疑われた。同年一一月一日、国会調査団が熊本を訪れ、翌二日、水俣に入り、患者家庭互助会や熊本県漁連から要望を聞いた。

漁民は総決起大会を開き、チッソに交渉を申し入れたが、チッソは拒否。漁民は工場に押し寄せ、警官隊と衝突して一〇〇人余りが負傷する事件が起きた。反チッソの機運とともに「チッソを守れ」という声も大きくなってきた。

五九年一一月八日付の熊本日日新聞は〈水俣工場／廃水停止は困る／市民の生活に響く／各種団体が知事に陳情〉との見出しの記事を掲げた。〈新日窒（チッソ）水俣工場の廃水即時ストップは水俣市民全体の死活問題〉として、水俣市長、市議会、商工会議所、農協、労組など二八団体の代表約五〇人が熊本県知事の寺本広作に、水俣工場が操業停止という事態にならないように要望したのだ。

〈市税総額一億八千余万円の半分を工場に依存し、また工場が一時的にしろ操業を中止すれば、五万市民は何らかの形でその影響を受ける〉というのである。多数を守るためには少数の犠牲はやむなし、と言っているに等しい。

一九六八年九月、狂死した父の病が水俣病ではないかと調べていた川本輝夫は、思いあまって水俣の人権擁護委員に相談した。返ってきたのは、「そんなにお金がほしいか」という意外な言葉だった。患者の狂死の話とどんなふうにつなげば「そんなにお金がほしいか」という発言になるのか、全く分からなかった。人権擁護委員は「自分も何が何やらわからぬままに亡くなった人をだいぶ知っている」とも言ったという。水俣の安定のためには健康被害の話などタブーなのだ。

同月、当時の厚生省は水俣病を「公害」と認定。患者は加害企業チッソに補償交渉を求めるが、チッソは直接交渉を拒み、厚生省は第三者の仲裁機関の設置を提案。「結論には異議なく従う」との確約書を患者から集めるなど早期幕引きを図る。水俣病患者をめぐる動きがにわかに活発になった。

第三者機関に一任するか、訴訟に踏み切るか、一九五七年に発足した水俣病患者家庭互助会（当初の名称は水俣奇病罹災者互助会）は揺れる。六八年一月にできた水俣病対策市民会議は訴訟派を支援し、法廷闘争の準備に取りかかった。市民会議のいわば別働隊のような形で発足したのが「水俣病を告発する会」である。

のちに「水俣病闘争」と呼ばれる患者支援運動を展開するに際し、渡辺京二は厚い岩盤を突き破るにはキリのような直接的な肉体行動が必須と判断していた。一〇代から共産党の「細胞」として活動。来たるべき武装闘争に備えて拠点確保のため、義兄は、熊本・阿蘇などの洞窟を見て回ったという経験もある。アジ演説やビラ配りにせよ、スローガンでは人は動かない。やってみせて、なだれこんでくるものなのだ。

渡辺の運動エネルギーの源泉は道子との魂の邂逅で得た熱である。渡辺は党の活動家時代、民衆をいかに「指導」するかに腐心してきた。道子は「指導」するどころか患者に徹底的に寄り添って、同情を超えて憑依してしまう。寄り添って絆をつくってゆく道子のやり方が、民衆に対して何となく上から目線だった渡辺にはなんとも新鮮であった。不徹底に終わった共産党での活動の雪辱戦の思いもあったが、なによりも、魂の邂逅によって噴き上がった真摯な炎を絶やしてはならなかった。

一九六九年四月一七日朝、渡辺は彼に心服していた九大卒の小山和夫と石牟礼道子の長男道生を連れて、チッソ水俣工場正門前で座り込みを始めた。小さなプラカードをひとつ立てただけで、旗も横断幕もない。夕方までにＮＨＫ職員の半田隆と熊本日日新聞記者の久野啓介が加わった。合計五人。チッソ工場の巨大さに比べるとアリにもひとしいささやかな動きだったが、運動の口火を切るにはこれで十分だった。

「ゴザしいて、朝から夕方まで座っていた。途中、チッソの社員が来て、事情をご説明しますからどうぞ事務所まで、と言うてきたよ。毎日新聞の水俣の記者も来た。今にして思えば水俣病患者の田上義春もいた。彼が通りかかって、〝どこから来られたか〟と話しかけてきた覚えがある」（渡辺談）

当時、ベトナム反戦運動や大学紛争など民衆の反骨の気運が各地で噴き上がっていた。火の玉のような先鋭性を保持するには、人々が無条件で結集する魅力的な言葉が必要である。座り込みの二日前、渡辺は二千枚のビラをつくり、熊本市内で配布している。座り込みに参加するよう呼びかけたものである。

〈水俣病問題の核心とは何か。金もうけのために人を殺したものは、それ相応のつぐないをせねばならぬ、ただそれだけである。親兄弟を殺され、いたいけなむすこ・むすめを胎児性水俣病という業病につきおとされたものたちは、そのつぐないをカタキであるチッソ資本からはっきりとうけとらねば、この世は闇である。（中略）血債はかならず返済されねばならない。（中略）独力で最後の交渉に入った患者・家族を支援し、その志を黙殺するチッソ資本に抗議することは、一生活大衆としてのわれわれの当然の心情であるとともに、自立的な思想行動者としての責任であると信じる。われわれはその意志をもっとも単純な直接性において表現しようと考える〉

道子との魂の邂逅を果たし、彼女の苦しみや怒りをわがものにして、京二は道子に憑依したごとく、一気に筆を走らせたのであろう。

「直接性」という文字から渡辺の師匠の吉本隆明の詩句、〈ぼくがたおれたらひとつの直接性がたおれる／もたれあうことをきらった反抗がたおれる〉を連想する人もいるだろう。水俣病問題の核心は「仇討ち」だという。患者の心情をくんで患者と共に行動することを意味する。「この世は闇である」「血債はかならず返済されねばならない」など渡辺京二が愛読した山本周五郎の人情物語の一節のような、まさに直接的に訴えかける、情感的な文言が効果的に配置されて、

「血債」を取り立てるという文意を確かなものにしている。

「直接性？　そういうおおげさなことよりも、自分で手本を示すということ。患者支援組織をつくるんだから、つくる前に自分でやってみせる、という気持ちだった。座り込みが一番直接的に表現できることだったから」（渡辺談）

座り込みから三日後の四月二〇日、渡辺や石牟礼ら二七人が熊本市の社会福祉会館の一室に集まった。「水俣病を告発する会」の結成集会である。

五月一一日、結成趣意書を検討する際、新参加の女性から「今後、公害をなくすようにという意味の文言を入れた方がいい」という意見が出た。これに対し、渡辺やその周辺から「そういうとらえ方は（県総評の）県民会議にまかせておいていい。われらはもっと〝仇を討つんだ〟という患者の気持ちに加担して行動した方がよい。〝公害防止〟というのは建前であり、人々の共感を得るために言っていることであって、本当はうらみを晴らすということにほかならないのだから」との強い決意の表明があった。理屈よりも人情重視である。趣意書は次のようにまとまった。

〈われわれは、水俣病を自分自身の存在ともっとも根底において重なる肉親に加えられた暴行としてうけとめ、なしうる行為をすべて行うために、この会に結集した。われわれは水俣病裁判をわれわれ自身の課題として全力をあげて支援する。われわれは、職業的な煽動家や、お家大事の党派主義者や、無責任な政治スローガンのセールスマンとは無縁である。水俣病をわがことと感じて、何らかの行動の機会を求める人々に、われわれは共働の手をさしのべる〉

「告発の会をつくってまず最初にやったことは弁護士に依頼して回ること。患者と知り合いにな

らなければいけないから、二〇人くらいで水俣にいき、何班かにわかれて患者の話を聞いた」（渡辺談）

一九六九年六月一四日、訴訟派二九世帯一一二人がチッソを相手取り、総額六億四〇〇〇万円の慰謝料請求訴訟を起こした。

当時七一歳の原告団代表・患者、渡辺栄蔵は「こんにち、ただいまから、私たちは、国家権力に対して、立ち向かうことになったのでございます。この提訴の日を前にして、厚生省は患者の治療費を打ち切ると発表しました。国が打ち切れば県も打ち切る。県が打ち切れば市も打ち切る。すれば患者は、訴訟派は孤立するだろう。こういうチエでございます。国としてはまことにマズイやり方で、ヘタでございます」と刺激的な挨拶をした。

「国家権力」という言葉に渡辺京二は快哉を叫んだ。〈チッソのこの背後には国というものが控えているんだということを、ひしひしとやっぱりこのじいちゃんは実感なさったわけでございましょう〉と述べている。水俣病闘争終結から一七年後の一九九〇年、真宗寺で行われた闘争の〝総括〟講演である。〈もっとも基層におって、法律のことも知らなきゃ、政治のことも関係ない、そういう民がですね、初めて自分の言葉で裁判というものに対処する姿勢を訴えたわけですね〉

水俣病を告発する会代表の本田啓吉は「弁護士さんたちは私怨を捨てて裁判に臨めと言ったが、われわれはあくまで仇討ちとしてこの裁判をとらえる。われわれの態度は義によって助太刀いたすというところにある」と述べた。

本田は、渡辺京二の六歳上である。不思議と気脈が通じ、渡辺が五四年に出した『新熊本文学』に参加するなど、「ある基本的なところで私の考えを理解してくださる」と渡辺は厚い信頼を寄せていた。当時は熊本県立第一高校の教師で、高教組の副委員長だった。広く人望があった本田に、渡辺が頼んで、告発する会の代表になってもらったのだ。

本田代表が口にした「義によって助太刀いたす」とは、近代的法体系とは無関係な前近代的な次元で闘いを行っていくという覚悟の表明である。正義の「義」は、義理人情の「義」でもある。近代的知性が無視し、疎外してきた「義理人情」の復権なのだ。「義によって〜」は一見唐突にみえるが、座り込みの時点で「仇討ち」を標榜しているのだから、流れとしては自然である。

〈わしは、ここに来とる者は全部、馬鹿ばっかりじゃと思う。わしがこう言うたからて腹かかんごつしてはいよ。なぜかならば、ほんにあん遠かところからわざわざ裁判ば見に来たり、名前も知らんて手紙もやらす、カンパばやらす。水俣んごたっところまできて手伝いはさす。これを馬鹿ち言うか利口ちゅうか考えてみればすぐわかる。ばってんですな、わしは馬鹿が好く。世の中は利口と馬鹿とおるがわしゃほんに馬鹿が好くな〉

水俣病第一次訴訟の原告患者、当時七五歳の牛島直の発言である。第一三回口頭弁論後の交流会でのことだ。渡辺京二は九〇年の講演で牛島に言及している。自宅でめじろを数十羽飼い「めじろじいさま」と言われた牛島は提訴の日は蝶ネクタイをしていた。

〈こんな台詞を言えるじいちゃんがいたわけですね。こんな台詞という意味は、誤たず本質を見抜いとるわけですよ、支援者の。「こいつはみんなバカ」っていう本質を見抜いとる〉〈バカの闘争ですね。そういうバカの本質をですね、ぴしゃーっと見抜くようなじいちゃんがおったわけで

すよ〉

仕事や学業を放擲し、患者の願いをかなえること、ただそのことに奔走する。必要とあらば逮捕されることも厭わない。患者に寄り添うことだけを願った告発する会の面々は「みんなバカ」と言わざるを得ないだろう。バカの先頭に立ったのが石牟礼道子と渡辺京二である。

闘争の象徴となった黒い「怨」の吹き流しは道子の発案である。墓地に向かう地元民の葬列から思いついたという。水俣近隣の津奈木町の染め物業者につくってもらった。「お芝居に使うのですか」と業者は聞いた。最初、のぼりに染めてみたが、ぴんとこない。「吹き流しにして、ようやくサマになりました」（道子談）というのだ。

学生ら支援者の「死民」というゼッケンも道子のアイデアだ。「市民」ではない。〈市民、といえば、まぎれもなく近代主義時代に入ってからの概念だから、わが実存の中の先住民たちは、たちまちその質を変えられてしまうのである。まして水俣病の中でいえば〈市民〉はわたくしの占有領域の中には存在しない〉

患者に寄り添って、患者のやりたいようにしてもらう――。石牟礼道子の理念、考え方が会の理念、考え方になった。一九六九年六月二五日、渡辺らは水俣病を告発する会機関紙『告発』を創刊する。

機関紙発行は「全国に発信したい」という道子の悲願に添うものなのだ。四日市などで全国的に新しい公害運動が起こっていた。「道子さんとしては従来の運動とは違うイメージのものを、従来の反体制運動とは違うものを、求めていた。それを感じ取ったのです。新しい運動の可能性

を石牟礼道子に認めた、ということです」（渡辺談）

編集作業は本田代表の自宅で行った。毎回、一〇人くらい集まる。夜中になったら、次々に眠ってしまう。夜明けに起きているのは渡辺と久野くらいである。

「レーニンが言っている。扇動だけではない、オルガナイザーだと。新聞活動はね。だからその通りやったわけよ。アジテーターであるとともにオルガナイザー。見出しのつけかた、全体の写真の使い方……。訴求力があったと思う。これで支援の動きが全国的に広がった」（渡辺談）

『告発』創刊号に石牟礼道子「復讐法の倫理」が載っている。『苦海浄土』など「作品」とは違う味わいの、道子独特の単語や論理が渦を巻くように疾走する。定型などまったく筆者の念頭にないがゆえに一般的な理解の尺度があてはまらない。奇怪なものの前に立ったという印象が先に立つ。

〈「銭は一銭もいらん、そのかわり会社のえらか衆の上から順々に有機水銀ば呑んでもらおう、四十何人死んでもらおう、あと順々に生存患者になってもらおう」（中略）近代法の中に刑法があるかぎり、死につつある患者たちの呪殺のイメージは、刑法学の心情を貫いて、バビロニアあたりの同態復讐法への先祖返りするのもいなめない〉

「呪殺」「バビロニア」「同態復讐法」などにひるんではいけない。「仇討ち」や「義によって助太刀いたす」に続く文脈でながめると、道子の文章も腑に落ちやすい。スタートした運動の〝熱〟を持続させるためには濃縮された燃料の投下が不可欠である。「近代への前近代の異議申し立て」（渡辺談）と要約される水俣病闘争は前近代的な呪術的文言が有効だったのである。

渡辺栄藏、江郷下美善、江郷下マス、杉本進、田中敏昌……。石牟礼道子は創刊号から各患者の人となり、病歴を「患者家族紹介シリーズ」として書き継ぐ。患者の症状の集積が石牟礼道子にとっての水俣病なのだから、当然のなりゆきである。〈なしてか、奇病の出る前はエビのとれてとれて。今の明神が岬。会社の廃水のまっぽしにくるあそこ。（中略）毒ち知っとれば食べさせんじゃったもんを。毎日毎夜〉（『告発』第六号、「坂本フジエ・しのぶ」の項）

一方、第九号に渡辺京二の「患者を原点として」が載っている。石牟礼の「復讐法の倫理」を補完し、解説するような文章である。

〈われわれの行動の根底にあったのは、石牟礼道子氏の『苦海浄土』にいみじくも描き出されているような、常に歴史の底辺にあって黙って生き黙って消えていく生活大衆がいわれなく負わされた受苦と、その中で示された偉大ともいうべき尊厳へのうずくような共感だった。自ら望んだのではなく、その生活の位相において決定的な資本と国家権力との対立に踏みこみ、体制の疎外者として生きて行かざるをえない水俣の漁民が、孤立のなかで放った連帯のメッセージへのどうしようもないコミットだった。／告発する会の基調にいわゆる公害反対闘争と異質なものが感じられるとすればそのためだ〉

闘争突入後、石牟礼道子は水俣市から熊本市へ出向く機会が増えた。打ち合わせや取材対応である。金銭的余裕はなかったので、しばしば渡辺京二宅に泊まった。渡辺家は長屋式の平屋である。二間と台所しかない。玄関二畳が渡辺の書斎である。夜は、京二と敦子夫妻が六畳間で寝て、賓客の道子は梨佐ら二人の娘と四畳半で寝る。
〈小学生になったばかりの長女と一緒に寝て、子守唄を唱ったりして下さった。敦子は壁ひとつ向うの隣家を気遣うのか、「海辺で育った人は声が通るのね」とそっと私に言うのだった〉（渡辺京二『父母の記』）
敦子の戸惑いは「海辺で育った人は声が通るのね」という皮肉めいた言葉にあらわれている。夫の知り合いとはいえ、いや知り合いゆえに、人妻をわが家に泊めるのは気が進まなかっただろう。
梨佐は次のように書く。〈その時母が出した料理をよく覚えている。それは豚肉をソテーして、ケチャップ味のソースをかけたものだった。その頃洋食は今ほど一般的ではなく、母もお客様向けのごちそうとして出したのだろう。石牟礼さんは「こんなハイカラな料理ははじめて食べました」とおっしゃった記憶がある〉（山田梨佐「絵本の思い出」）
夕食後、道子は梨佐とその妹のために、絵本『ちびくろサンボ』を読んで聞かせた。ぐるぐる回る虎が黄金色のバターになるシーンが圧巻である。〈石牟礼さんがその場面を朗読されると、まるで目の前にぐるぐる回りながらきれいな黄色のバターに溶けていく虎が見えるようだった。子供だったからではあろうけれど、言葉によってこれほど鮮やかに目の前に場面が浮かぶという経験はその後ない気がする〉（同）
ある日、梨佐は母敦子から「石牟礼さんは親戚のおばさんではない」と聞かされてとても驚いた。〈ショックだったといってもいいくらいで、その時の納得できないような気分を半世紀もたった今も思い出すことができる〉（同）と回想している。

　梨佐の文章の核心は一点にある。一緒に寝たのが親戚のおばさんでないなら、一体何者なのだ、ということだ。父と道子の関係が通常の仕事関係の枠に収まらないのを幼い娘は直感して「ショック」だったのではなかろうか。平気な顔をしていても、敦子もモヤモヤはあったであろう。道子と京二が何かの用事で一緒に外出する際、「これでは、どっちが夫婦かわからん」と口にしたことがあったという。

　しかし、道子の方も、必ずしも晴れ晴れとした気持ちで渡辺家に泊まっているのではなかった。闘争の熱狂にかまけてしまうほど道子の歩んだ道も心象風景も単純ではない。道子の日記によると、一〇代以来の死にたい気持ちと依然として格闘している。死への誘惑に負けまいと、しきりに人に会って、生への希望を拾い集めている。

〈熊本、十時半のバス　渡辺さんとアローで。市民会ギニュース、宇井さんの原稿わたし。NHK、宮沢家。宮沢さんの車で熊大。武内、野村教授。二塚先生不在、夜、首藤記者宅、渡辺家に泊めてもらう。アロー夫妻にしきりに泊れとすすめらる。夕方、名画座、「心中天網島」ふかい感動。はじめからしまいまではりつめた画面とセリフ。終りの心中場面はことにうつくしかった。夜、寝つかれない。あまりにうつくしい様式美（映画の）をおもい出す。やっぱり生きていて、よい作品を書こうか、とおもう。じつに女がよく描けていた。岩下志麻の演技も非常によかった〉（「石牟礼道子日記」一九六九年九月二日）

　支援者や医師の名が多く出てきて、活動が活発化しているのがうかがえる。「アロー」とは渡辺と道子の行きつけのコーヒースタンドである。「岩下志麻」への言及が印象的だ。「心中天網島」は近松門左衛門の人形浄瑠璃を映画化したものだ。壮年期以降も道子は近松の作品、とりわけ『曾根崎心中』など世話物への愛着をしばしば語っている。近松が描く心中には、道子を引きつける何かがあったようだ。そして、心中には一緒に死んでくれる、すなわち〝道行き〟をする相手が必要である。

〈渡辺家、十一時半ごろ出る。ルイちゃんが後追いする。申訳なし。民芸館へ。はじめて。よいたたずまい。熊本はキライな街だけれど、こんな所でなら、人にあったり話したりするのに落つかれるような気する。この次は、ここで打合せいたしましょうと提案する。安政年間の酒倉であったという天井づくりが、とても気に入る。それから板の間の敷物。ふたたび熊大精神科、原田先生ご不在。アローへ。松岡NHK氏からことづけ。持っている由。NHKへ。（中略）熊大から、なんとかいうキッサ店。今年から来春までのヨテイ。渡辺さんにひどく間の抜けたことをいう。ただならぬ虚無感つきまとう。この人はかわいそうな人だ。ヒロイズムと才能は、ことにすぐれた男性の場合は不可分なのであろうか。であれば、生理的に受けつけられないのだが〉（「石牟礼道子日記」一九六九年九月三日）

また「アロー」が出てくる。余談ながら、二〇一八年の道子の葬儀にアローのマスターも参列した。花は辞退ということにしていたが、渡辺のはからいで道子の棺の上に載せることができた。日記には熊大の医師、原田正純の名前も出てくる。水俣病がまだ「奇病」と言われている頃、各戸を検診して回る原田を道子が追跡し、原田が「だまって、ただついてくる。保健婦さんかと思った」と後年回想したのはよく知られている。一方、日々接触している渡辺京二を〈ただならぬ虚無感つきまとう。この人はかわいそうな人だ〉と冷静に観察している。

〈熊本ゆき。快速バス、12時10分発。酔わねばよいがと心配して乗る。少しねむりしならん。しかし熊本についたとたんに気分わるし。つくづく体力おとろえたり。熊日原稿受つけ渡し、久野さん代休という。すみ田でおそば。そのあと三一書房の仕事の打合せ、アローに行ってみる。渡辺さん今日はまだなりとマスターの話。マスター正義派で渡辺さんびいき。ここでグロッキイの極。心をふるい立て渡辺家へ。お肉など買う。（五時ごろ?）渡辺さんもアツコ夫人もかわいいお子たちも元気。安心。お魚のフライ　御ちそうになる。おいしかった。おふろやさん教えてもらう。渡辺さんはジュク。九時すぎ御帰宅。それから打合せ。冷い紅茶　いれて下さる。おいしかった。じつにむし暑い夜。こんどは旅館にしよう。何とも気の毒、恐縮〉（「石牟礼道子日記」一九六九年九月四日）

「熊日」や「三一書房」の文字から、文筆活動が旺盛に展開されているのが分かる。「アロー」には頻繁に行く。つい渡辺家に足が向かう。渡辺家の面々に歓迎されても、道子は快々として楽しむことができていない。泊まることに恐縮している。患者支援活動の一環で熊本に来ているとはいえ、しばしば同じ家に泊まるのはやはり気まずいのだろう。渡辺家の人たちはいやな顔ひとつしないのだが、道子からすると、それがかえって「気の毒」なのだ。

〈むなしさをいっぱい抱いて、ゆうべは帰った。（中略）運動は順調に行っているのであろう。水俣も、熊本も。ぜんぜん、よろこびが感ぜられない。渡辺さんは新しい質の集団が出来るとおもいますかという。出来るでしょうと答え、それはできるにちがいない。私はずいぶん鈍感なのだろう。そのようなことは、私の本質とはかかわりない。人を集めるのはキライではないが、水俣病を「義によって助太刀いたす」というのは男は論理なのだろう。女には、わたしにはたてまえはない。本能で（原始的なチエというべきか）苦しいから動いて、ひとをよびよせるのである。死にたくてたまらない〉（同）

「水俣病闘争」への言及がある。「義によって助太刀いたす」への冷めた見方が面白い。闘争の現場では一枚岩の団結を保っているように見せているものの、道子個人は「義によって助太刀いたす」に全面的に賛同していたわけではなかった。「男は論理」というのは、男性の同性愛的雰囲気が充満していたとも言われる告発する会への精一杯の皮肉であろう。「たてまえ」よりも「本能」なのだ。〈死にたくてたまらない〉と締めくくるのが道子らしい。一〇代の頃以来の〝死にたい病〟が、完全復活している。

〈この朝　早起き。渡辺さん、チエちゃんをオンモに連れ出してお散歩。わたしがねむれるようにとのお心である。気の毒〉（「石牟礼道子日記」一九六九年九月九日）

渡辺がせっかく次女を連れ出して、眠れる環境をつくったのに道子の方では気兼ねして眠るどころでなかったようだ。それなら旅館に泊まればいいと思うが、貧しい主婦の道子には経済的余裕がなかったのである。

〈熊本城にのぼる。石垣をつくづくながめ、のぼりたくてたまらなくなる。渡辺さん、およしになったがいいですよ、新聞にのるかもしれませんから僕は困りますというニュアンスの発言。ナルホドと思い、やめる、が心のこり。しかし、絶対にのぼれませんです、と渡辺さんがおっしゃったが、のぼれると思う。いつか、夜、ズボンをはいてのぼってみたいと思う。いかに加藤清正といえども、どこか一ケ所位、のぼれる所をのこしておりそうなものである。熊本城で渡辺さんめづらしく身上話。／午後、新県庁。エレベーター、にが手。熊本城での元気はどこへやら、ほうほうのていで脱出。まるでトンネルのような息の抜けない建物である。気分わるくなる。渡辺さんの御案内に気の毒なり〉（「石牟礼道子日記」一九六八年四月二四日）

水俣病闘争本格突入前の一九六八年春の日記である。この頃、道子と京二の二人はまだ〝魂の邂逅〟には至っていない。しかし、心を許し合う段階に入りつつある。道子は本気で熊本城の石垣を登りたかったようだ。〈夜、ズボンをはいてのぼってみたい〉とまで言っている。熊本城の石垣には思い入れがあった。幼い頃、父亀太郎と石垣を見上げたときのこと。亀太郎は「石どもは年月の塊ぞ。年月というものは死なずに、ほれ、道子のそばで息をしとる」と言ったものである。石工の家に生まれたこともあり、石は道子にとって格別のモノ、モノというより思慕すべき永遠の根源的イコンなのだ。

『苦海浄土』刊行の翌年の一九七〇年一月、道子は山間部に一時的に隠遁した。「久木野　日当野の小屋にて」と副題がある日記が残っている。山での隠棲は若い頃からの念願である。とうとう実現したのだ。しかし書きつける文言は威勢に乏しい。

〈熊本あたりへ出て行っている私はほんとうにおぼつかなくて、根なし草みたいにもろい。人にあえばやたらとにこにこふるまって傷ついて。赤んぼに逢ってさえも傷ついてしまう。傷つくな

どといえば、まだたぶんゆとりがあったのであろう〉（「石牟礼道子日記」一九七〇年一月二〇日）
告発する会が発足して二年目。水俣からしばしば熊本へ行き、支援者らと会合を重ね、集団行動も成果を上げており、傍目には充実した生活に映るのだが、言いようのないむなしさをいつも胸に抱いていた。闘争に邁進しても気持ちが満たされない。
〈魂の熱威にうかされていてとくにこの二ケ月さめようもない。いつも魂で行動してしまう。あと二年もしたら意味づけられようか〉（同）
〈いつも魂で行動してしまう〉という言葉に注目したい。魂の邂逅で闘争の突破口を開いたものの、これでいいのかという思いがあった。勢いで闘争をやってしまったのではないか、自分のしでかしたことは何なのだという冷静な自問である。
〈ひとりひとりのことをおもい出す。渡辺さんのこと。憲三先生のこと。道生のこと、両親のこと、弘先生のこと。（中略）みんなほんとうにこよなくわたしによくしてくれる。たぶん、みんなわたしを愛してくれているのだろう。そんなこと、渡辺さんにいわれなくともよくわかる。なぜ愛されるのかわかる気もするがわからない。しあわせというべきだが、なぜわたしはこうも病いが深いのであろう。死の近い予感がしきりにする〉（同）
心が弱ったとき死にからめとられるのが道子である。渡辺京二は道子を元気づけるため、「みんなあなたを愛しているんだよ」と言ったようである。しかし、そんなことは〈いわれなくともよくわかる〉のだ。つい、死を思ってしまう自分のことを、「病い」だと認識している。日記は続く。

〈ひとりひとりの人間、人間、人間という風にしか考えられない。男の論理はご愛敬な自己顕示欲と集団は切っても切れない間がらだから。このごろそれを肯定する。弘先生も、三原さんも、それが歴史を動かすエネルギーだと云ったっけ。すると女の論理とは何だろう。わからないが、情念の純一なことはわかる。そしてその情念は集団に作用する力をもっていることも〉（同）
〈憲三先生も、渡辺さんも、わたしのことを祈っているといったから、わたしも祈ってねむろう〉（同）
〈このごろ急に、男たちの幼児性と優しさがわかるようになった。なんでもかんでもわかってしまう。かなしいが、わかってしまうのだからしかたがない〉（同）
闘争のさ中、〈男たちの幼児性と優しさ〉がわかるようになった、というのである。なんとも醒めた感想である。水俣のジャンヌ・ダルクと言われた女性の胸中はかくのごとく複雑である。
一カ月後の一九七〇年二月一〇日の道子日記は以下の通りだ。
〈「日本アルプスと蝶の話」から、ふと、渡辺さんの「大連の街」の話をおもい出す。いづれもかえらぬ少年のころの、恐らくはその生涯のうちで一番うつくしい魂の時代の話であろう。そのような追憶を一種せつなげに語るとき、恐らく男たちの魂は、もっとも孤独なときにちがいない。その孤独の純粋さのゆえに私は打たれてきいた〉（「石牟礼道子日記」一九七〇年二月一〇日）
渡辺京二についての、これまでの記述よりも一歩踏み込んだ感想である。「孤独」という文字に注目したい。道子は「孤独」に一生を過ごした人だった。それは渡辺も同じである。「孤独」と書くことで絆がより強まる気がするのだった。

〈ひる、渡辺さんと外に出て話した。「人間のすむべきところじゃないですよ」と日当野のことをくり返しいう。三原（浩良）さんに「助けてくれ」とデンワしたとも〉（同）
「日当野」とは先日、道子が泊まったばかりの小屋の所在地のことである。
〈「人間のすむべきところではない」といわれると困ってしまう。それは一種の差別観でもあるから。いつか平塚らいてうのことを、「あれ、まだ生きていたんですか、こっとう品だな」といったことをおもい出す。それは私の世界にない思想である〉（同）
　山小屋の貧弱さを渡辺に揶揄されたらしい。その場では何も言い返さなかったのであるが、畏敬している平塚らいてうについて〈こっとう品〉と言われたことを思い出し、憤懣を覚えたのか、〈私の世界にない思想〉と反撃している。これまでの思いが噴出したのか、以後、渡辺について延々と記す。同志であると思うがゆえに、彼のことを突き詰めて考えたいのだ。
〈渡辺さんは孤立の道を今後も深めるという。それは拒絶の思想でもあるのだろう。とはいえ、「ただの山家の生活」さえ、人間のすめない生活と感じ、毎日、コーヒー店に出かけ、上等の酒場に出かけて時には酒をのむ。近代都市市民のあるいは市井の生活の孤立〉（同）
〈渡辺さんと私の間には一世紀ぐらいのへだたりがある。彼の思想は近代にぞくし、私は前近代の中にいる。存在としての疎外感はだから、彼の方が深いのかもしれない〉（同）
　道子は渡辺を「近代」の人だと見なしている。「前近代」の自分とは一世紀くらい違うという。しかし、チッソの社歌を歌いながら学校に通った道子は「近代」人でもあるのだ。渡辺にしても名利よりも義理人情を重んじるなど「前近代」人の側面も持つ。どちらにも与しない狭間に立っているからこそ、明察も可能なのだ。以下の道子の文章は自らの孤独を冷静に分析したものだ。
〈考えてみると、私には拒絶の思想はなく、肯定、そのままの、存在そのものを肯定するという思想が根底にあって、そのゆえに孤独がふかい。肯定するということはカンタンな存在のことをいうのではない。それは、自分のまわりの存在に対して、ひとしく距離をおいているゆえ肯定するので、これは円環する思想とでもいうのであろうか、自分と他者は永久にまじわらない、といえばいえるのである。まわりの円の中心につねに自分が存在する、そのような孤独の質のようだ〉（同）

道子の最晩年、「ずっと孤独じゃったー」と介護ヘルパー米満公美子と抱き合って泣くこともあった。ポツンと人から離れた孤独ではなく、人に囲まれ、にぎやかな状態にあっても孤独だというのだから深刻である。人と人とは絶対に分かりあえないのなら、生の回路はどうやって開くのか。ドライアイスのような孤独の靄に始終包まれつつ、回生の道を探ろうともがいていた。

一九七〇年、大きな試練がやってきた。五九年の見舞金契約が再現されかねない状況となってきたのだ。見舞金契約は〈大人のいのち十万円／子どものいのち三万円／死者のいのちは三十万円〉（『苦海浄土』）と低額補償の上、「過去の工場排水が水俣病に関係があるとわかっても一切の追加補償要求はしない」とのちの裁判で「公序良俗に反する」と断罪される悪質な条項がついていた。自社のネコ実験で自社に原因があると知っていたのに、それを隠して、この条項を入れていたのである。

早期幕引きを目指す旧厚生省は第三者機関「水俣病補償処理委員会」を設け、水俣病患者家庭互助会の一任派に対して補償の斡旋をする、という。

補償金額は死者で三〇〇万程度の一時金、生存患者には最高で三〇数万円程度の年金であることが予想されていた。著しく低額である。国は七〇年五月二五日、水俣から一任派の患者代表一〇数人を呼んだ。一挙に水俣病問題の幕引きを図るつもりなのだ。

告発する会が動く。実質的リーダーの渡辺は、処理委会場の占拠を決めた。第三者による「処理」は、「チッソと向かい合って怨みを晴らしたい」という患者の願いに反するものだったし、チッソの責任さえうやむやにしてしまおうとする低劣なものだった。渡辺は、〈われわれは自分の直接的存在をそこによこたえることによって、処理委の回答を阻止する〉と高らかに宣言した。座り込みの原動力となった「直接」という言葉がふたたび用いられる。

〈友よ、われわれは今、自分のすべての存在をかけるべき時だ。われわれ告発する会は、その全存在をかけて補償処理委の回答を阻止することを決意した。今必要なのは抗議の身ぶりではない。阻止の意志と行動である。事態の進行を現実に阻止する意志を欠いた抗議が何を生んだか——戦後二十五年の運動史は無言でその答を与えている。／われわれは組織もジャーナリズムもたよりとはしない。事態を阻止するために、われわれはたゞ自分の肉体的存在というひとつの直接性を所有するのみである。五月二十四日、われわれは自分の直接的存在をそこによこたえることによって、処理委の回答を阻止する〉(水俣病を告発する会「われわれは存在をかけて処理委回答を阻止する」)

渡辺は、支援に駆け付けた映画監督の土本典昭らに、決意を次のように語った。

〈どんどん活動は苦しくなり、追いつめられてきている。この一任派の問題についてわれわれがもし手をこまねいているならば、われわれは水俣病闘争をこれからやり抜くことはもう恐らくできまい。何としても阻止する。私たちは阻止したいから阻止するんであって、これは討論やその他で決まるものではない〉

五月二五日午前八時、東京・日比谷公園に約一二〇人が集結した。その後、二〇〇～三〇〇人にふくれあがった。道子を先頭にデモは旧厚生省を目指す。水俣病患者のパネル写真を掲げている。厚生省はすべての出入り口を封鎖した。デモ隊は厚生省前で気勢を上げた。デモはおとりだったのである。

一六人が厚生省五階の処理委会場に突入した。渡辺や土本、東大助手の宇井純ら一三人が逮捕された。道子も突入部隊入りを志願したが、「足手まといになる」と受け入れられなかった。各紙は一面と社会面の大展開で早朝からの逮捕劇の一部始終を伝えた。

「口で、反対、けしからん、といってもしょうがない。止めてみせなくちゃあ、止めようとしてみせなくちゃあ。止めようとしてみせる意思表示として、自分のからだをそこへ投げ出す。一種のお芝居ですよね。自分ひとりがそこで自分の力でやるってことね。責任をほかにもっていかないで、自分の責任でやるってことね。そういうことを原理にしたつもりです」（渡辺談）

国側の誤算は、告発する会の直接的肉体的行動に、直接的肉体的に応えてしまったところだろう。逮捕しても数日で釈放せざるを得ず、逮捕で逆に患者支援者の義士的側面が強調され、全国的な支援運動の高まりを促す結果となった。世論をこの場に注目させ、チッソや国の非人間性を訴えるのが告発する会の目的だったのだから、「この日の行動は、ほぼ成功した」（石牟礼談）ことになる。占拠後、全国一三ヵ所に告発する会ができた。

しかし、国側が、告発する会の挑発行動に反応することはその後二度となかった。

一九七三年一月、判決前に低額調停案提示をもくろんでいた公害等調整委員会に対し、告発する会は抗議に赴く。書類を精査するうち、「委任状」の偽造が発覚。患者署名の誤字、住所の誤記、故人の捺印まであった。数々の書類不備をあばかれた公調委は判決前の低額調停案提出を断念したのだ。

この対公調委行動は、「（川本輝夫らの水俣病否定処分をくつがえした）環境庁裁決に次ぐ快挙」（川本）と闘争史上、その実質を高く評価されているのだが、チッソや国の非人間性を弾劾する大きなうねりをつくりたかった渡辺にしてみれば、空振りにもひとしい結果となった。てん末を渡辺は苦い筆致で記録している。

〈早朝、名古屋で新幹線にのりつぎ、九時すぎ東京着。南口待合室で仲間たちと会い、近くのステーションビルコーヒールームで打合わせ。（中略）

日比谷公園噴水前で待機。（中略）総理府前では百名ほど待機中。午後二時四十五分、総理府内に入る。柵をのりこえ突入スタイルでかけこんだが、守衛が制止しただけ。公調委事務局の廊下にすわりこんでも、職員たちは冷静で、何の対応もなし。三時半ごろ座りこみ部隊全員、会談中の部屋に入る。四時すぎ、要求にこたえ五十嵐委員長が出席。（中略）調停作業を現時点で凍結するという答をひき出す。そのあと、また論議はながながと続き、一時すぎに退去命令が出、三時すぎ五十嵐ら退席しようとするのを阻止しようとして、機動隊が介入。三時二十五分排除開始。室内すわりこみの約七十名、二十分ばかりで排除される。あと二百名ばかりで日比谷公園へデモ。公園で集会、後解散。（中略）権力からは徹底していなされ、相手にされなかった。挑発にのらず、さわぎにしない、という彼らの方針はみごとに貫徹された。こういう突入、すわりこみスタイルの行動は、このような対応をされるかぎり、完全に意味を失ってしまう。もう二度とやるべきではない〉（「渡辺京二日記」一九七三年一月二二日）

一筋縄ではいかない闘争の難しさである。空振りに終わった七三年一月二二日の組織行動は水俣病闘争史に刻まれたものの、厚生省占拠などに比べると影が薄い。一方、一九七〇年六月二五日発行の『告発』第一三号。「もうひとつのこの世」というフレーズが初めてあらわれる。石牟礼道子が「もうひとつのこの世へ」というタイトルで書いたものだ。敬愛する細川一・元チッソ付属病院長をお見舞いに行った話から、生と死、どちらでもない「もうひとつのこの世」を追いかける。「書く」といっても「もうひとつのこの世」とは姿形のないものだから、叙述スタイルそのもので「もうひとつのこの世」をあぶりだそうとするのである。

〈私のゆきたいところはどこか。／この世ではなく、あの世でもなく、まして前世でもなく、もうひとつの、この世である。／逃亡を許されなかった魂たちの呻吟するところにむかって、私は、自分に綱をつけてひっぱったり、背中を押したたいたりして、ずるずるひきもどす。／この世ではないもうひとつのこの世とはどこであろうか。／〈生まれたときから気ちがいでございました〉／〈ゆき女〉に仮託しておいた世界にむけて、いざり寄る。黒い〈死旗〉を立てて。死旗を持つ資格はまず死者たち自身である〉

同じ号の一面に渡辺京二も書いている。彼が『告発』に書く場合、本名を記すことはなく、〈輪〉というペンネームを用いる。「闘いは地獄の底まで　5・25以後の情況と展望」という見出し付きだ。道子の文章と同じ号というのは偶然だろうか。

〈水俣病を徹底した個別闘争としてたたかうというのはどういうことか。それはこの闘争を患者の魂を表現するものとしてたたかうという一言につきる。水俣病闘争は資本と近代国家の論理に、患者である水俣漁民の人間的共同性を対置するたたかいである。資本と国家は、前近代的な共同性の中にまどろむ彼らを死にいたるまで追いつめた。追いつめられた彼らがたたかいに立つとき、彼らの生得の共同性の論理は前近代・近代を突きぬけて、資本制の根幹をゆるがし、人間の本質的共同社会の幻をえがき出さずにはおかぬだろう〉

選ぶ言葉や文章の調子は全く別ものなのであるが、精読するならば、両者の言いたいこと、世に知らしめたいことは同じなのである。石牟礼の「もうひとつのこの世」は、渡辺のいう「人間の本質的共同社会の幻」と何の違いがあろうか。経歴、人間観、文学観が全く異なる二人がコインの表と裏のように同じ論説を展開している。果てない宇宙を横切ってきた隕石ふたつが「水俣」で奇跡的に交差するのだ。

「もうひとつのこの世」という言葉には、切ないまでの道子の願いが込められている。患者とともに歩む共同的な世界が実現できるのではないか。現実の共同体では実現できないような、人々の真実の結びつきができるのではないか。渡辺のいう「人間の本質的共同社会の幻」も同じ願いを託したものだ。

私は『評伝　石牟礼道子——渚に立つひと』で道子の一六〜二〇歳の短歌を収めた二〇歳の手作り歌集『虹のくに』を論じた。「もうひとつのこの世」にかかわる重要な箇所なので重複をいとわず引用する。

〈のちに水俣病闘争にかかわるようになった道子は、憧憬に似た希求の果ての、夢幻のようなイメージ世界を「もうひとつのこの世」と呼んだ。《私の中にある美しいものが最上の力を注いで作り上げた園》である「にじの国」とは、「もうひとつのこの世」の別名といって差し支えあるまい。「もうひとつのこの世」は水俣病闘争だけが特権的に抱懐したのではなく、道子の生に深く根差したものであるということが、『虹のくに』を読むと納得させられる。道子の生来の資質、生い立ちがもたらす精神的・肉体的苦闘が「にじの国」をたぐり寄せた。その寂寥の思いは、《道子道子吾が名抱きて凍る星にかすかによべば涙こぼるゝ》などと詠むしかない〉

道子の「もうひとつのこの世」が、彼女の生い立ちがもたらす精神的・肉体的苦闘がたぐり寄せたものであるとするなら、渡辺京二の「もうひとつのこの世」（人間の本質的共同社会の幻）のビジョンはどうやって得られたのか。

道子と同じように京二の精神的・肉体的苦闘がたぐり寄せたものに違いない。『日本読書新聞』をやめたあと、大衆小説の売れっ子作家だった山本周五郎を耽読したのは、左翼知識人の世界が破たんし、善意の庶民の世界へのあこがれが募ったからである。今日は無理でも明日がある、と夢にすがってこの国の民は生きてきた。「周五郎の小説は麻薬みたいだった」と渡辺は述懐している。

水俣病闘争を経た渡辺は、「もうひとつのこの世」の変奏である「ありえたかもしれない近代」をテーマとするようになった。好んで取りあげたのは西郷隆盛や宮崎滔天、北一輝ら従来は「右翼」のひと言で片付けられていた面々である。道子がキツネを描くなら、京二は隆盛や滔天を書く。道子と京二を結びつけるのは最大公約数的な「もうひとつのこの世」である。

一九七〇年一一月二八日、大阪でチッソ株主総会が開かれた。患者と支援者千人が一株株主として参加した。

〈人のこの世は永くして／かはらぬ春とおもへども／はかなき夢となりにけり〉

会場のど真ん中で白装束で御詠歌を歌う。この日のため、患者らは稽古を積み重ねてきたのである。「もうひとつのこの世」へと飛翔するための滑走の時間である。株主総会出席のため、列車で大阪へ向かう。いよいよ離陸である。浜元フミヨら患者が「ちょっと狂うて来ようかと思う」という物狂いの時間、「幻の共同性」に飛び込む。舞台に上がって能を舞うに等しい非日常の時間であった。原告浜元フミヨらが壇上で江頭豊社長に直訴、責任追及した。フミヨは二つの位牌を加害企業の社長の胸元に押しつける。以下、『苦海浄土　わが水俣病』からの引用である。

〈「親さまでございますぞ！　両親（ふたおや）でございますぞ」〉

〈「どういう死に方じゃったと思うか……。（中略）親がほしい子どもの気持ちがわかるか、わかりますか〉

巡礼たちは正座した社長を取り囲む。患者も企業側も立ちすくむしかない。膠着状態である。この場を収めるのは「もうひとつのこの世」を宰領する道子しかいない。

〈「みなさん、もう席へ帰りましょう。これ以上は無意味です。あとは天下の眼がさばいてくれるでしょう」〉

〈「私たちは水俣へ帰りましょう」〉

告発する会の〝勝利〟の報に水俣の留守番部隊は安堵した。携帯電話やネットが普及した現在と違って、物事が伝わるのに時間がかかる。

〈正午のニュースで株主総会が五分間で終ったことを知り、チッソペースで運んだのではないかと心配したが、午後本田氏宅でうけた大阪からの石牟礼、本田両氏の電話によれば、非常に劇的な盛上りを見せ、大成功だった由〉（「渡辺京二日記」一九七〇年一一月二八日）

翌日、患者らは巡礼姿で高野山を登る。

〈あのですね、昨夜（よんべ）、夢見ましてねえ。蝶々がですね、舟ば連れて、後さきになってゆきよるのでございます、花びらのようでもありました。光凪（ひかりなぎ）で、おしゅら狐が漕いでゆきよりましたがなあ、影絵でしたけど……。明神の岬から、しゅり神山のあの、おしゅらさまでした。どこにゆくつもりでしたろか〉（『神々の村』）

台風が去ったあとの青空のように、「もうひとつのこの世」が顕現する。しかしそれは現世的には「夢」でしかない。「昨日は、狂うたなあ、みんな」とお互いをいたわり合う。「ほんに……。思う存分、狂うた……」

加害企業門前での座り込み、厚生省占拠……。闘争の進展に応じ、先鋭的な手を次々に打ってきた渡辺だが、さめた感情が心を浸すのをどうすることもできない。運動の前進エネルギーをかきあつめるべく仲間を鼓舞してみるが、夜、一人になると、満たされない、率直な思いを日記に書きつけざるを得ない。大阪でのチッソ株主総会の直前である。

〈私も今はただひたすら会から手を引きたい一念だ。もともと形をつくりあげることが私のうけおった仕事だった。それはとっくに完了した。今月末大阪には行くまいと思う。会については財政、「告発」の配布体制という実務の面だけをひきうけて行けばいい。本田氏が仕事しやすいようにサポートして行く責任だけは残っているのだから。私にとって告発する会は終わった〉(「渡辺京二日記」一九七〇年一一月五日)

〈勉強と仕事に集中したい。くもりない目で自分の生を見つめ、できるならその中に泉を見出すこと。荒廃から脱け出せるかどうかやってみること。暗愁とでもいうべき暗いこの感情は何なのか。欲も得もない寂寥。自分の病的な個我感情をたとえ客観視し整理できたとしても。あとにはやはり単純なこの感覚が残る。おそろしい〉(同)

石牟礼道子とは熱を注入し合うがごとく継続的に会っている。会う約束をしても道子の方が忘れてしまうこともあったらしい。

〈今日、夕刻、アローでI夫人より電話があった。(博多より)。立ち寄るので待っていてくれとのことなので、授業の後、アローで十一時まで待ったが無駄であった。もはや文句をいう気もせ

ぬ。何を考えておいでのことやら〉（「渡辺京二日記」一九七〇年一一月一七日）

〈午後I夫人来訪。ふた月半ぶりにゆっくり話せた。外出し、食事後、本田氏宅の会合へ〉（「渡辺京二日記」一九七〇年一一月一八日）

I夫人とはむろん石牟礼道子のことである。I夫人と客観的で突き放した呼び方をあえてしている。

〈（水俣の石牟礼道子宅で）I夫人にごちそうになる。赤崎氏、松浦氏、I夫人の四人であけがた七時まで語る。I夫人にいささか苦言。あとで胸痛し。「あなたには邪悪なところがある」というI夫人の言心に残る。適評なり〉（「渡辺京二日記」一九七〇年一二月二九日）

あなたには邪悪なところがある――。「邪悪」という語を目にした私は、オッと思った。最晩年の道子が渡辺が帰ったあとなど渡辺の背中の残像が消えないうちに「ほんとに邪悪な人」とつぶやくのを私は何度も耳にしている。長い付き合いだからこその打ち解けた独特の評言だと思っていたが、七〇年という早い時期から口にしていたとは意外である。

誤解を招かぬように言っておくと、道子が京二を「邪悪」と評するのは厚い親愛の裏打ちがあるからである。道子、京二とも互いのことを深く知っている。お互い、自分が意識していないことまで言い当てることができる。「邪悪」という言葉には、対峙する場所から逃れられないというニュアンスもある。互いに憎からず思い、ときには一緒に悶えたりする。そんな相手が邪悪でなくて何であろうか。

翌七一年には闘争から退きたい気持ちがさらに強まる。

〈「水俣病闘争」は私にとってすでに終ったものになってしまった。どう考えても、この先いかなる展望も生じないと思う。展望というより、意味が生じないのだ。できるかぎりの仮説は出して見たが、それがみんな夢に終ってしまうことは明らかだ。現状を考えてみても、患者・市民会議のレベルの運動か陳情運動にしかならぬことはもはや火を見るよりあきらかだ。たかだか戦闘的な陳情運動にすぎない。うらみをはらす闘いなどどこにあるというのか。水俣病に関して闘争などどこにもありはしない。それはまだ成立していない。幻想の領域にとどまっている。そしてこの幻を一瞬たりとも現実化する途はもはや閉されている。このことを私は最初から知っていた。あるいは予感していた〉（「渡辺京二日記」一九七一年八月九日）

〈私にとってこの二年半は最後の政治の季節であった。もうこのあと政治的な運動と関係することはあるまいと思う。いまさらめくが、私はまた自分の本来の資質という起点に引き返したようだ。二度と自分の本来の生き方を踏みはずすことはあるまい。世捨て人になってしまいたい。切にそう思う〉（同）

闘争の主導者とみなされていることへの違和感も率直につづる。

〈この数年、グループの中で何かの精神的権威ででもあるかのように見なされ、若い人たちにあれこれ指図するような立場におかれて来ながら、私はそういう自分を終始こっけいなものに思い続けて来た。私がカリスマ的存在などであるはずがないし、指導者であることさえおかしい。私はそんなものではない。私は一書生であったにすぎぬし、これからもそうであるのだ〉（「渡辺京

二日記」一九七一年八月一三日）

泣き言にひとしい後ろ向きな文言が延々と続く。一方、渡辺は七〇年代前半、先鋭的な論考を次々に発表している。主なものは次のとおり。

「現実と幻のはざまで」（『朝日ジャーナル』一九七一年一二月二四日・三一日合併号）、「死民と日常」（『流動』一九七二年四月号）、「私説自主交渉闘争」（『水俣病闘争　わが死民』一九七二年四月、現代評論社）、「『わが死民』解説」（同）、「流民型労働者考」（『現代の眼』一九七二年九月号）、「義理人情という界域」（『朝日ジャーナル』一九七三年一月一九日号）――など。

高校生のころから闘争に参加している現・水俣フォーラム理事長の実川悠太は「当時、石牟礼さんの『苦海浄土』と並行して渡辺さんの文章をむさぼり読んだ」と回想している。「流民」や「基層民」などの言葉に切実なリアリティーがあった。なぜ闘争なのかを犀利な文体で問う渡辺の存在論的散文は、流動的で不確かな時代の感触に寄る辺なさを感じていた若者らを引きつけるに十分だった。

熱い時代のオピニオンリーダーとして民衆を鼓舞しているのに、心は満たされない。ただひとり心を許せるのはＩ夫人、石牟礼道子である。

〈Ｉ夫人と長電話。行政側の対応の進展とともに、いよいよ〝水俣病闘争〟の使命が終り、ほんとうの課題だけ不発のまま残されてしまったことなど〉（「渡辺京二日記」一九七一年九月一四日）

しかし、告発する会に完全に愛想をつかしたわけでもない。グループの強勢に満足するひとときもあった。

〈自然に分化して活動家は常時三十名〜四十名にのぼっている。熊本の戦後の運動で最強チームが編成されたといってよい〉（「渡辺京二日記」一九七一年一〇月一四日）

一九七二年一月七日、川本輝夫や米国人カメラマンのユージン・スミスが千葉県のチッソ石油化学五井工場の従業員に暴行された。スミスは目などに重傷を負った。水俣病闘争史に残る「五井事件」である。

当時、告発する会の事務局長だった阿南満昭は事件当日を記憶している。当時拠点にしていた東京の東プロにいた。道子から電話がかかってきた。「抗議集会を、明日、開きましょう」と、いつものせっかちな口調である。

「明日なんて無理です」と即座に言うと、「無理ですって、まあ、なんてのんびりした人なの」と道子は怒るのである。「のんびりしているわけじゃあ、ありませんけど、会場がとれません」と弁解したが、「無理ですって、まあ」と道子は納得しない。結局、彼女の勢いに押される形で翌日、東京・三宅坂の社会文化会館で市民集会が開かれた。千人が参加した。「あなた、何やっているの、と怒りたくって、やらせるたい」と当時を回想する阿南は苦笑する。

集会で道子は次のように述べた。

〈「棄てる神あれば、救う神あり。坐り込みテントの前には、差し入れに来てくださる焼きいも屋のおじさん、新年宴会の席上カンパを集めて届けてくださるお方など、温かい支援の流れは、絶えることはございません。皆さまのご支援あるかぎり私たちは〝東京砂漠〟での闘いをつづけていくつもりです……」〉（三島昭男『哭け、不知火の海』）

〈東京砂漠〉という印象的な言葉が飛び出している。砂漠といえば、『苦海浄土』は水のイメージが濃厚な物語である。汚染された水がテーマということ以上に、文章全体が「水」という言葉に押されるように方向が定まり、流れていく。水が筏のように隊列を組んで作者たる道子を運んでいる印象なのだ。

〈年に一度か二度、台風でもやって来ぬかぎり、波立つこともない小さな入江を囲んで、湯堂部落がある〉。水を湛えた地政学的語りがまず冒頭にある。〈こそばゆいまぶたのようなさざ波〉が立つ湯堂湾。〈やわらかな味の石清水が湧く〉海にほど近い共同井戸。国道三号線沿いに茂道、袋、湯堂、出月、月ノ浦という爆心地とも呼ばれる水俣病多発地帯が広がる。さらに北に行った百間港に新日窒水俣工場の工場排水口がある。

　道子は、水俣病の話をこの井戸端で聞いたのである。水がこんこんと湧く場所は物語の起点でもある。主婦が鍋釜を洗うこの井戸端で道子は病態のあれこれを知る。この付近には孫の子守をして一日を過ごす隠居の漁師もいる。そして好きな野球のラジオに耳を傾ける山中九平少年――。

有機水銀は魚の体内に蓄積される。魚をさらに大きな魚が食し、その魚を人間が食用とすることで蓄積された水銀が中枢神経を襲う。どれだけの人が斃れただろう。そう、砂漠だった。海の底からわきだした清冽な水はどこへ行った。

　一九七一年一二月、川本輝夫ら自主交渉派が上京。丸の内のチッソ東京本社で嶋田賢一社長らと交渉する。川本は要求書に血書を求める。お互いの小指を切って、互いの血で書類のやりとりをしようというのである。「ごかんべんを」と嶋田社長は逃げる。「水銀も飲んでもらう」「ごかんべんを」。社長の脈が速くなる。ドクターストップがかかる。川本は社長の顔に涙を落とすのだ。

〈オレたちゃ……鬼か、そして……ざんねん……じゃな、ほんに……〉

〈社長……わからんじゃろう、……俺が鬼か……なんいいよるかわかるか、……親父は母屋にひとり寝えとった……おら、小屋から行って、朝昼晩、めしゃぁ食せた。買うて食う米もなかった。なんもかんも持っとるもんな、背広でもなんでも、ぜんぶ、質に入れた。そげな暮しが、わかるか〉

この場面に限らず、道子は川本輝夫に多くの筆を費やす。三千万円という水俣の庶民から見ると破天荒な高額の補償金を要求し、裁判には加わらず自主交渉で事態を打開しようとする川本はまさに「もうひとつのこの世」を体現する患者だった。

不知火海に発した水は、水銀地獄と、魂の深みに達することのできないもどかしい交渉の過程をひとめぐりして、川本輝夫の涙として社長の顔に落ちた。川本が嶋田に迫るシーンを嶋田の息子がテレビで見た。疲労困憊で帰宅した社長に息子が「水俣病患者の川本……」と言いかけると、嶋田はそれを制して、「川本さんという人は立派な人だ。決して呼び捨てにしてはならない」と戒めた。嶋田社長は川本の涙をちゃんと受け止めた。チッソ側にも「もうひとつのこの世」という幻を共有できる人がいたのだ。

水俣と熊本を往復して闘争に精力を傾注してきた道子は、仕事の拠点を熊本に移す決断をする。七三年一月、熊本市坪井町に仕事場を設けた。六月、熊本市薬園町三へ仕事場を移転した。渡辺ら告発する会が全面バックアップしたのは言うまでもない。

〈昼まえ、カリガリへ。I夫人を迎える。今日より入室するとのことで、布団その他買物に夕方までかかる。夜カーテンをとりつけ、なんとか住めるかんじになる〉（「渡辺京二日記」一九七三年一月一六日）

〈I夫人の荷物水俣より着く〉（「渡辺京二日記」一九七三年一月一八日）

〈I夫人から、文章が大人になって来たといわれた〉（同）

〈I夫人の荷物を点検し整理。ポケットやバッグの中に実にいろいろなものがつめこまれ、そのままに忘れられていて、ふき出さずにはおれなかった。なんてバカな子なんだろうと思う。それに私の知らぬまに大きな金槌とネジマワシを買いこんでいて、一体何をする気なのか、これもまた大変におかしい〉（「渡辺京二日記」一九七三年二月一日）

執筆に専念できる環境に身をおき、仕事もはかどってきたようである。金槌とネジマワシとは何事であろうか。

〈I夫人、「天の魚」の原稿上る。一晩で三十四枚書いたと大いばりなり。おかし〉（「渡辺京二日記」一九七三年二月二二日）

提訴から三年九カ月。判決の日が来た。

「渡辺栄蔵一一〇〇万円……上村智子一八九二万五〇四一円……」

一九七三年三月二〇日、熊本地裁で第一次水俣病訴訟の判決が言い渡された。「見舞金契約」は無効。慰謝料一六〇〇万～一八〇〇万円など。患者側の勝訴である。

「判決を聞いて」というサブタイトルのある道子の毎日新聞への寄稿は「生き供養」という題名である。〈杉本の栄子さんが魚の供養をしたというので、魚を食べるばかりで供養もしたことのない私は恥じ入って、魚の供養というものはどんな風にするものかときいてみた〉という書き出しだ。人間を含めた「生きとるもんの供養」、霊を感じる能力――などに触れていく。

通常の裁判傍聴記は、判決の評価や今後の展望などを記すものだろう。「生き供養」には判決への評価がまるでない。「もうひとつのこの世」を追う道子にとって、裁判は、現世的約束事に満ちた予定調和の世界であり、先が見えない道子の生き方と本来相容れないものだ。裁判の感想を故意に書かなかったというより、書けなかった。新聞記事にはふさわしくない原稿が日の目を見たのは、毎日新聞に石牟礼の理解者の三原浩良らがいたからである。「生き供養」は、「魂の相対」とはほど遠かった裁判への道子なりの批評なのだ。

文学と運動との間が破綻し、ひきさけていく虚無感は道子から笑顔を奪った。訴訟派は上京し、川本輝夫ら自主交渉派と合流、「水俣病東京交渉団」を結成する。

上京後、患者側の団結に亀裂が入る。訴訟派の多くは、川本ら自主交渉派のチッソ本社座りこみなど過激路線を快く思っていなかった。甘いと言われればそれまでだが、石牟礼や渡辺は、裁判で勝訴するならわだかまりも解けて、訴訟派と自主交渉派は自然に一体化するものと思っていた。

　ところが、小学校の元教頭の日吉フミコら訴訟派に付いていた地元の市民会議の、実力行使も辞さない川本ら自主交渉派へのアレルギーは相当なものだった。自主交渉派だけではない、川本らと行動を共にしていた石牟礼や渡辺ら告発する会も訴訟派から過激派扱いされた。「近代への前近代の異議申し立て」の側面がある水俣病闘争は、ひとつの幻を追っていた。前近代的なものをひきずっている漁民たちと、まったく都市の人間、学生であるとかメディア産業の知識人らから成る支援者が、一緒になる。別世界の人間同士がひとつの世界を共有できるのではないか、という幻、「もうひとつのこの世」と呼ばれるビジョンを求めていたのだ。「最後のロマン主義の発作」（渡辺）と呼ぶにふさわしい壮大な賭けである。「患者をとられるな」という日吉の言葉に、道子らは冷水を浴びたように立ちすくむしかない。「もうひとつのこの世」という言葉を日吉らは「チッソ城下町でない水俣を」という意味に理解していたのかもしれなかった。

　勝訴を受け、道子と上京した渡辺は、以下のような光景をまのあたりにした。

〈ふみよさん、上村さんはじめ、出て来る患者みな、交渉は自分たちがやるから黙って見ていろという趣旨のあいさつ。市民会議は、告発の連中は爆弾をもって来ていると患者にふきこんだらしい。交渉のペースはこの一発できまった。すなわち市民会議主導、平和的話し合いの路線。鉄格子突破、占拠の方向は一しゅんのうちに崩れた。交渉会場を三階にするか四階にするかで川本さんと浜元・上村さんが対立、三階におしきられる。日吉、「市民会議は患者をおっとられんごつ、しっかりおさえとかにゃ」と露骨〉（「渡辺京二日記」一九七三年三月二二日）

両者の亀裂は、人間観、世界観の根本的な相違に根差しており、単純な行き違いでズレてしまったわけではなかった。患者支援の功労者道子を市民会議サイドが仲間はずれにするレベルにまで達していたのである。

〈交渉第二日。チッソ鉄格子を撤去。会場を四階に移す。交渉内容は医療費問題。釜さん机の上にのぼり社長に頭を下げる。こういうスタイルではもうだめ。うんざりだ。松岡、半田、I夫人と石抜さん宅にざこね。I夫人、「あんたは告発だろう」と市民会議の会議に入れてもらえないよし。終末的様相深し〉（「渡辺京二日記」一九七三年三月二三日）

決起を促すチラシ、支援組織結成の趣意書、機関紙の各コラム……など、水俣病闘争を支えたのは道子や京二らの血のかよった言葉である。闘争の狼煙たる渡辺京二の座り込みの三カ月前に石牟礼道子『苦海浄土　わが水俣病』が刊行されたのは象徴的だ。その思想の根幹をなす「もうひとつのこの世」が虚しく宙に浮いたとき、水俣病闘争は宿命的に頓挫せざるを得なかった。

七三年七月九日、「補償協定書」に調印。判決の慰謝料に加え、生活年金月額二万〜六万円や医療費の手当て、以後認定された患者への適用も明記。水俣病闘争の事実上の終結である。渡辺と石牟礼は、松浦豊敏と季刊誌『暗河（くらごう）』を創刊する（九二年九月まで四八冊）。「怨」の吹き流しに象徴される直接的肉体的闘争を見限り、文筆による新たな陣を敷いたのである。

石牟礼は一九七八年七月、熊本市健軍四の真宗寺脇に仕事場を移す。その後、熊本市湖東三（一九九四年）、熊本市上水前寺二（二〇〇二年）、熊本市京塚本町一（〇八年）、熊本市帯山三（一四年）、熊本市秋津一（同）と転々とする。入退院を繰り返すようになった二〇一五年、「私は闘っています」と私に言ったことがある。病院側から安静を迫られ、原稿用紙はおろか広告チラシも看護師に隠されてしまったのだが、なんと箸入れの袋に文字を書きつけている。「怨」の吹き流しはなくなり、「死民」のゼッケンをつけた学生もいなくなったが、書くという闘争は継続していた。

闘争の終結直後は、道子、京二ともエネルギーの行き場を見失ってしまった。道子の〝死にたい病〟がまたぶり返す。

〈石牟礼氏、生きている意味なしという。考えてみれば私は何も力になっていない〉（「渡辺京二日記」一九七五年一月一一日）

〈I夫人、このあいだトラックをヒッチハイクして危い目に会った由。何ともいう言葉なし〉（「渡辺京二日記」一九七五年三月二二日）

性的乱暴されかかったというのだ。危なかしくて見ていられない。

〈I夫人のことが心にかかる。彼女はこのままではきっと自殺するだろう。私は何の力にもなってやれないのだ。彼女の苦しみは私以外誰もわかっていない。生きている刻一刻が彼女にとって苦しみであるということが他人にはわからない。他人は彼女の文章を読んでもそれを文飾だとしか思わない。仕方のないことだ〉（「渡辺京二日記」一九七五年四月一二日）

〈I夫人訪問。久しぶりにいろいろ話が出来た。彼女はどうあってもトラピスト修道院に入るつもりだ。笑い話みたいだけれど、理由は相当に深刻だ。彼女は家庭を失ってしまっている〉（「渡辺京二日記」一九七五年四月二八日）

〈今後、残りの生涯をどういうふうに送るのか、考える。文筆の仕事をするにせよ、どうすればくだらない喧噪から遠ざかることが出来るか。文筆の仕事をよろこびとするにはどうすればよいのか。I夫人の不幸も念頭から離れない。どうすれば彼女が日々平安に仕事が出来るようになるだろう〉（「渡辺京二日記」一九七五年一二月四日）

『暗河』の仲間への渡辺の視線がとげとげしくなりつつある。心が屈したとき、孤独を指向してしまうのが、渡辺の悪しき性癖である。

〈いまの私の生活、何のはりも何のたのしみもないことに今更ながら気づく。すべてのものを失いつくしたような気がする。告発する会のことはもう終ったのだし、「暗河」はただの雑誌にすぎない。私が作り上げた集団はもうその生命のリズムをたどり終えてしまったように思える。残っているのは惰性のつきあいか。目標がないのだ。集団の存在の意味がなくなるのは当り前ではないか。もちろん、こうなることはわかっていたし、それでいいのだ。ただ私には帰るべきところがない。私はこの六年間に家庭をこわしてしまった。もうあとには戻らない〉（「渡辺京二日記」一九七五年三月二〇日）

〈帰るべきところがない〉という渡辺は、〈家庭を失ってしまっている〉道子と同じ境涯に陥ってしまったのだ。

〈「暗河」という集団のなかでの私の孤立、今後よくよく忘れないことだ。四四年以来の私の生活は、余儀なかったとはいえ、精神的な放蕩以外の何物でもなかった。つまりそれは集団という幻想への、承知の上の惑溺であった。それは考えてみれば、私の青年時代以来の試行の総決算であり、その意味で私にとってののがれられない必然だった。いまとなっては、私は自分がそのような幻想からきれいさっぱり切れてしまったことを感じずにはいられない。人間はみなせまい自分の限界から出ることのできぬくだらぬ威張り屋だ。私の作り上げた集団など四散するがよい〉（「渡辺京二日記」一九七五年三月二七日）

想念はどんどん暗くなる。道子に負けず劣らず京二は孤独である。そんな自分のことをむろん、京二はよく分かっている。若年からずっと自分の病だと認識していたのだ。

〈「暗河」の友人たちとも、表面はどんなに親しそうにしていても、私の心は冷えている。いまの私はどうも友人を必要としていないらしい。何かせまい場所にひとり追いこまれてしまったような感じだ。自分がよくない人間だということを切に自覚する。若いころのような自我意識にてこずっているのではない。自分を大切なものに思うような意識はとうになくなっている。にもかかわらず自分の宿命がのしかかってくる。いわくいいがたい感じがいつもつきまとう。何もかも見える。ひとが見とおせる。ほんとうは見とおせるはずはないのに、X線にかけたようにその人の存在がうかんで来る。そうするとしらじらとした気持にみたされ、何もいう気にならなくなる。これはたしかに病気にちがいない〉（「渡辺京二日記」一九七五年七月二六日）

トーンの変わった記述がある。注目すべきことが書いてある。

〈橋本憲三氏が、逸枝さんだけあれば、ほかの人間はいらず、結局男たちのなかに友人がまったくいなくなったのだそうだ。そうＩ夫人にいわれ、いささか愕然とした〉（「渡辺京二日記」一九七五年七月二七日）

「愕然とした」理由は、自分も憲三氏と同じ道をたどっているのではないかと、京二が気づいたことによる。自分の意思で仲間を捨ててきたように思っていたが、実は、道子がいるから、ほかの人間はいらないのだ。

ほかならぬ道子の言葉でそのことに気づいた京二は、結局は、道子のてのひらで踊らされているに過ぎないのか、というほろ苦い想念をかみしめたことであろう。

5　道行きの章

　あねさん、あねさん。

　九〇年の記憶が堆積した水の深さは見当もつかない。深重（じんじゅう）の海の底から浮かび上がってくる、杉の木の芽を手折った男の子。愁わしげな少年の面に見覚えがある。

　会いたかった。どこでどうしていたの。顔を見せて。泳ぐように手を振って道子は近づこうとする。足が動かない。男の子の横顔が、やがて、後ろ姿になった、遠くなる……。追いかけようと焦る道子に、どこかから、声がかかる。

　あねさん、どこから来なさった。

「松葉の飛ぶよに高台からみゆるもん、鰯の子の。イリコたいな、波の上に。みえる目持たんじゃ漁師はつとまらん……」

　チッソの工場排水で猫が死に始めた頃だ。舞い踊るように次々に死んでいったのである。初対面の道子を「あねさん」と迎えてくれた網元の男。含羞にみちたまなざし、と道子は書いた。水俣病で死ぬ彼もまだ発病していなかった。背中には孫なのか男の子をくくりつけている。

道子さん、道子さん。

網元の声か、ちょっと違うような……。道子は目覚める。リアル世界だ。いや、リアルも夢もない。寄せては返す波の感触を道子の足は覚えている。

海面が近いのかオーロラのような光が頭上に広がる。あらわれた男は、顔が小さく見えるほど髪の毛が黒々と豊かだ。すでに中年だがネクタイを締めた端正な顔には少年の頑固さを残している。

髪の毛の豊かな男が手を伸ばす。道子も手を伸ばす。一緒に歩いた。「怨」という文字を染めた黒い吹き流しがひるがえる。集会を埋める「死民」ゼッケンを見た。

あねさん、あねさん。

道行く人に訴えるビラを膝の上で書いている。東京の路上だ。書き上がると支援の若者らがガリ版で刷ってきて、配る。ポケットの世阿弥『風姿花伝』を読む。卒塔婆のようなビル群、その中に緑がある、あったような気がした。かりかり。聞こえてきたのは猫が路面を引っかく音だ。そこに土はない。アスファルトを押し上げる小さな草が健気である。波の音がどこかから聞こえる。

あねさん、あねさん。

確かにそう言っている。はっきり目が覚めた。きょとんとしている道子の顔をのぞきこむ私に、道子は「あねさん、あねさん。そう聞こえませんか」と問う。そう口に出して、笑われるのは覚悟の上なのだ。口に出してみないと、本当のことかどうか分からない。

厳粛な顔で私は首を振る。夢でなくリアルだと道子に知らせるためなのだが、どちらが夢でどちらがリアルなのか私にも確証はない。もうじき六〇歳に手が届く私なのだが、年よりも若く見えると言われる。もう五年も道子のもとに通っている。

最近入所した向いの部屋の老紳士が「ありがとう、ありがとう」としきりに言う。ほとんど一日中言っている。それが道子には「あねさん、あねさん」と聞こえる。

私は耳を澄ませる。


石牟礼道子にも渡辺京二にも信頼されている女性がいる。ぴんと伸びた背筋が一見して〝できる〟と感じさせる四〇代の文筆家である。

約一〇年前から道子の部屋に出入りし、道子の口述筆記もするなど側近として実績を重ねてきた。新参者の私も、古参の彼女と顔を合わす機会が増えた。女性は、身の回りのお世話やガールズトークふうの雑談だけでなく、水俣病関係などの「談話取材」をすることもあるのだが、世間話の延長のように自然である。道子だけでなく京二にも信頼されるゆえんは、書くべきことを書き、書くべきでないことは書かないとわきまえていることであろう。聞いたことを、すべてガツ字にしようとする私とは大きな違いだ。

道子が亡くなって一年くらいたった頃、ある宴席でこの人から「石牟礼さんの前では渡辺さんと話をするのは控えていました」と聞いて、虚を衝かれた。えっと思っていると、「私だけでなくて、石牟礼さんを訪ねる女性はみんなそんなふうでした」と言うので、えっ、えっ、と絶句するしかなかった。想像すらしなかった。亡き道子さんが、嫉妬で身を焦がすアンナ・カレーニナに思えてきた。

この女性から「石牟礼さんを女性として意識していましたか？」と尋ねられたときは、「ヘンなことを聞く人だ」と思った。しかし、「石牟礼さんの前では渡辺さんと話をするのは控えていた」という生々しい話を聞いてみると、なるほど、たしかに男と女である。異性として意識していたかどうか、密着した私に聞いてくるのはもっともだと思った。

正直私は道子と京二の関係にのみ気をとられ、周辺のことまで気が回らなかった。役者は道子と京二であり、私も含めた道子の部屋の訪問客はすべて観客——そう思っていた。しかし、そうでもなかった模様である。私といえども、脇役程度に舞台に加わる可能性は十分あったわけだ。私は大いに鈍感であった。

神経難病のパーキンソン病と確定した二〇〇三年以来、道子は病との闘いをつづけていた。二〇一七年夏、大きく体調を崩した。幻覚、意識消失、大腿骨頸部骨折、血圧低下、腰の圧迫骨折——など入退院を繰り返さざるを得ない状況がつづいた。

道子の評伝執筆を志した私は二〇一三年の後半以来、道子のそばにいさせてもらっていた。生活と新聞記者の仕事の拠点がある福岡市から道子がいる熊本市まで週一回通う。昼前に来て、夜帰る。取材がメインであるが、本の朗読や手紙の代筆もするようになり、起居の手助けなど介護の一部も担うようになった。道子の肉声をちりばめた『評伝　石牟礼道子——渚に立つひと』（新潮社）を刊行したのは二〇一七年春である。

道子のそばにいればいるほど、取材など忘れてしまって、道子の身を案じる私がいた。通い始めて二年たつ頃には、道子の文学・思想的同志の渡辺京二から「道子介護チーム」の一員として認められていた。道子のそばにいるのであれば、道子のことを書かねばならない、と思っていたから、私の日記は当然、道子一色である。いや、「一色」というのは正確ではない。道子の部屋に行くたび京二と出くわしたから、道子と京二、二色というべきである。

〈今日から京二さんからたまわった万年筆を使うことにする。ずいぶん下手になったものだ。病気のせいとはいえ、なさけないが、何か満足のゆく作品が出来ないものか。

朝日の二回目のエッセーは、たいへんよく出来ていると二度ほどおっしゃって下さったが、どこがどんなふうによかったのかよくわからない。

具体的におたづねしてみたいが気はづかしい。

米本記者さんが「かせい」に来ていて、首すじがつっぱっていたのをほぐしてくれていたのをごらんになって、ゴカイされたのではあるまいか。上等のハムをご持参下さったのに、たちまちご表情が変わってお帰りになったが、ただならぬ気配であった〉

二〇一五年五月二六日の道子の日記である。入退院を重ねながら、病状が比較的安定し、介護施設で落ち着いた日々を過ごしていた頃である。「米本記者さん」というのはむろん私のことである。いつものように加勢（手伝い）に訪れたのはいいが、道子の首をマッサージしているのを京二が見て、京二は怒って帰ってしまった、と道子は書いている。

道子日記から分かることは、老年になっても道子は、男女の機微に敏感だった、ということであろう。京二の〈たちまちご表情が変わって〉というのはよほどのことがあったのだろうが、マッサージがそんなに気に障ったのだろうか。重要なのは、道子の首を私がマッサージしているのを京二が見て、嫉妬した、と道子が判定したことである。

私の日記に「渡辺京二」という名前が出てこない日はない。道子は京二とともにあった。道子のことが比較的細かく、長く記録してある任意の日をクローズアップし、道子の日常を再現してみよう。何かがあったということではなく、だいたいこういう日々だった、ということを示す例として掲げるのである。単語ひとつでも書きつけておけば、いろいろ思い出すものである。

二〇一五年一〇月一一日午後二時、熊本市東区の介護施設に到着。二階の石牟礼道子の個室に行く。うつむく道子の手に白いものがある。おにぎりをつくっている。塩をまぶす。数分遅れて渡辺京二がタクシーで来た。京二が近づいたとたん「発作がきた」と言う。私が車いすを押す。洗面台で道子は米粒のついた手を洗う。

京二が、よいしょ、と道子をベッドサイドに座らせる。道子は横になるが、ベッドの中心からは遠い。「腰がいたくて」と京二は私を見る。ちゃんと寝かすには全身を抱えないといけない。腰痛持ちの京二には剣呑である。私は道子を〝お姫様抱っこ〟してベッド中央に寝かせた。布団をかぶる。道子は、目をぱちぱちさせて京二を見上げる。

道子「きょうは二回目の発作」
京二「おクスリちゃんと飲んだかな。食前食後も」
道子「飲みました」
京二「月末か、来月初めには、また入院です」
シュンシュン、音がする。ポットのお湯がわいた。
道子「ここの方がよか」
京二「入院したら具合が良くなりますもん。時々入院して立て直すといいです。ノーベル文学賞、村上春樹が取り沙汰されましたが、スベトラーナ・アレクシエービッチに決まった。ノーベル文学賞も小粒になったね」
京二、道子の机の上を整理する。ペンやノートを仕分ける。
京二「おにぎりなんかつくったりするから発作がおこるたい。働けば発作がおこる。らくにしとかんけん。長袖を着た方がいいのじゃないですか、寒くないですか。大丈夫ですか」
道子「長袖はありません」
京二「長袖のシャツがないことはないでしょう」
道子「(いま着ている) これが一番長い」
京二「そんなことないよ。長袖はいっぱいあるはずですよ。またヘンなこという。それじゃ、冬はどうするのですか、あなた」
道子「冬はセーターを着ます」

京二「シャツも着んでからセーター着んでしょうが。シャツ着てからセーター着るでしょうが。またおかしなことをいう」

道子の荒い息。京二は黙っている。ががが‐。が‐。は‐。が‐。が‐。が‐。起きているのに寝息のような息。ががが‐。

京二「病院よりここがよかね。病院、好きでしょうが。看護師さんみんな知っとるし。お医者さんはそばにおるから安心だし。一人部屋だし……。アイスクリームひとくち食べてみようか。気分がよくなるかもしれんよ」

道子「息がつけないもん」

京二「そうお？　息はしてるよちゃんと。苦しかは苦しかだろうけど」

道子「もうちょっと息が楽になってから」

京二「うんうん。なんか心配ごとあると？　心配ごとなんもなかだけんね」

道子の息しきり。ヘルパーさんらに悪い人はいない、と京二は言う。

京二「わたしゃ、あなたのためにね、あなたをよう思うてもらおうと思って、あなたのためヘルパーさんたちの機嫌とってるのだけどね。お通じはあったかな、あれから。ヨーグルトはいいですよ。ヨーグルトは食べよる？」

道子「きょうから食べた」

京二「ほんとのヨーグルトだよ。ヤクルトじゃないよ」

道子「ブルーベリーのジャム、注文しました」

京二「あれ、まぜて食べるといい。毎日欠かさず食べるとお通じよくなりますよ。私もあれ食べないとお通じがわるいです」

道子「きょう初めて食べました」

京二「前、食べよったもんね、ヨーグルト。食べさせよったもん、私が。ヨーグルトを毎日、食べる習慣をつけると、お通じもすこしはよくなると思いますよ」

返事の代わりに荒い息。ブー、スー、フー。

京二「また一冊、最近のエッセー集、つくらんといかんね。この七、八年くらいの間に書いたやつを、新しいのを一冊まとめましょうね。インタビューなんかも入れないとちょっと厚みが足りないかもしれない。今度は河出書房新社かどっかで出しましょうかね」

グーグー。

京二「明日からカリガリが開店なんだよ。今夜は前夜祭でお祝いをするんだって。私に来てくれと言わすから、しょうがないから行かないといけない」

グーグーグー。

京二「これからのインタビューもね、あなたのことを尊敬しとる人ばっかりだから。だから気楽に話せるでしょう」

ハーハーハー。あえぐように。

京二「のんびり、あなた、一日一日を楽しむつもりでおってよかたい」

ハーハー。

京二「食べたいものを食べて。ねー」
ハーハー。
京二「いいものを少し読んで」
ハーハー。
京二「あなた、考えてごらん。昔は自分の生活費をかせがないかんので、どうやって独立して、生活して、もの書いていこうかって、苦労しよったでしょうが」
グーグー。
京二「水俣と熊本のあいだを行ったり来たり、行ったり来たり。あなた、大変だったでしょうが。いまはそんなことせんでいいんだからね。それで、もう、あれだけの仕事をしたんだから、あなた、もう、やりとげた仕事に、あなた、不服はないですよ。ねえ、あれだけの仕事をしたんだから、あとは楽しくさ、自分が楽しいものを書いてさ、毎日毎日、楽しく過ごしたらいいんです。腹かくことなかです。腹かくからいかんとたい」
グーグー。
京二「気つかうことなかったい、なーんも、あなた。私にはいっちょも気ぃつかわんでしょうが、米本さんにも気ぃつかわんでよかでしょう。もうねー。気心しれとるけん。ここの看護師さん、ヘルパーさんもいろいろおりなはるばってん、悪か人じゃなかです。あの人たちもね。くせがあるけど。あの人たちも忙しいときはぞんざいになったりすることがあるかもしれんけど、そういうことはもうしょうがないからね」

ハーハー。合間に深い溜息にも似た息。
京二「なんさまその発作がね、あんまりおこらんようにするとね、なるとよかんだけどね。発作がおこるときついからね。苦しいからね」
ハーハーと苦しげ。
京二「苦しいとね、人生観も、暗くなるから」
ハーハーハー。呼吸困難の重症者のごとし。
京二「あなた、だいたい気がきつかっだけんね。気がきつかっだけん、ほんわか、ほんわか、ほんわか、なるたい、もう。ほんわかーってもう、ね。ばかのふりをするのが上手でしょう。お母さんのハルノさんのごとしとくたい、にこにこにこにこ。あなた。みんなね、あなたのこと気にかけて、来てくれるんですからね。私なんか全然そんなことはなかっですよ。あなたは恵まれておるとですよ。私なんか死んだっちゃ、みんなばんざーいっていうくらいですよ」
道子「そんなことなかっです」
京二「いやいや、やっと死んでくれたか、ばんざーい」
道子「そんなことなかっです」
息あらし。
京二「感謝せにゃ、あなた。きついのはきついけど、一日でもあなた命があってさ、老いはだれにでも訪れる運命だけんね。どぎゃん別嬪さんにだってあなた、老いはやってくっとだけん、あなた」

フーフーハーハー。依然として荒い息づかい。

京二「さあ、それじゃあ、きょう僕は失礼しますよ、ね、米本さんが来とりなはるけんね。もうしばらくしたらね、米本さんと二人でアイスクリーム食べてちょうだい、ね。私は抹茶のアイスをもってきたから、米本さんも買うてきたというから。ひとつずつ食べるとよかたい」

グーグー。いびきと変わらぬ。

京二「ほーれ、力が入るたい（握り合っている手に力が入ったか）。大丈夫」

道子の目が開く。意外なくらいしっかりした口調で、

道子「もう少し、いて下さい。もう少しだけ、お願いします」

京二「えっ、もう少し……。はいはい、よかですよ」

京二は取りかけていた帽子を帽子掛けに戻す。座り直す。

京二「うちの猫も、若いときは全然私に寄りつかんだったのに、もう八歳くらいかなあ、年とったもんだけん、寂しかでしょう、しょっちゅう来てですな、にゃお、にゃおって。なでろ、というわけですよ。なでろ、と。なでてやると、かみついてですな、ひっかいてですな、それで満足さすとですよ。一日、二へんくらいは来てですな」

ハームーハームー。苦しげな息づかい。

京二「最近の猫は二〇歳、二一とか二二歳くらいまで生きますからね。すごいですよ。昔はせいぜい一〇歳くらいだったけどね、猫は。猫も長寿になってきたですよ」

スーハースーハー。

京二「どうして発作がおこるのかねえ。入院してから様子をたしかめなさるのでしょうけど。様子ばみて。前は、こんな発作なんておこらんだったのにねえ。いつから起こり始めたかなあ。今年になってからかなあ」

カーカーカー。

道子「水を飲ませてください」

京二「はーい、はい。これ（ストロー）は吸い上げきらんもんね。らくのみを」

米本「これですか」

京二「ああ、それがいい」

京二がらくのみで道子に飲ませる。

道子「ベッドをあげてください」

京二「えっ」

道子「逆流して鼻につまる」

京二「もうこれ以上あがらんですよ、そんなこと言うたって」

道子「ほとんど入らん」

京二「ほとんど入らん？　入っていますよ」

道子「あとひとくち」

京二「あとひとくち、はい」

道子「はい」

京二「アイスクリームひとくち食べてみようか、ん？　食べんがいい？　え？　え？　食べてみようか、ちょっと。いやならやめるし」
道子「おふたりが食べなさいませ」
京二「人の世話はいいから。人の世話は（苛立つ）。もう人の世話はやめなさい。人の世話は」
道子「すみません、（スプーンの）小さいのはありますか、あ、それでいいですよ」
米本からスプーンを受けとる。
米本「これ（お茶）もう冷えました」
京二「僕に？」
米本「冷えました」
京二「ありがとう。ちょうどいい」
道子の息苦しさ、依然として続く。
道子「あと一時間おってください」
京二「……米本さんがおるじゃないの（不満げ）。ん？」
道子「あと一時間おって、四時のクスリを飲ませてくれますよ。米本さんに飲ませてください」
京二「……米本さんが飲ませてくれますよ。米本さんじゃいかんですか。せっかく来とんなはるのだから、米本さんもあなたとお話したいでしょうたい」
米本「私のことはまったくおかまいなく」
道子、息あらい。ムースースー。

京二、ベッドサイドに腰をおろす。徹底してつきあおうと腹をくくった様子。新たな話題を出す。

京二「立原道造って知っとる？」

道子「名前は知っとる」

京二「読んだことある？」

道子「いいえ」

京二「まあ、なんていうか、きれいな詩を書いているんだけど、軽井沢とか信州とか、高原文学というやつだよ。堀辰雄みたいな、センチメンタルな、ね。だから、ちょっとばかにされたような詩人だけど。こんど読み返してみたら、なかなかいいですね」

立原道造（一九一四〜三九）は東京生まれ。建築設計で非凡な才能を発揮する一方、詩作に励む。詩集『萱草（わすれぐさ）に寄す』『暁と夕の詩』など。早世の天才詩人のひとり。

京二「ちょっと見直した。そしてね、二四歳で死んどるからね。だれもみとらんうちに死んだんですよ。結核療養所で。重症の結核でね。だれも付き添っておらんときにね、亡くなったの。二四歳。だけどね、二〇歳くらいのときにね、童話というのか、ラムダという名前の男を主人公にした短編を書いているんだよね（「生涯の歌」）。

童話というか、それとも寓話というか。宮沢賢治がよく、西欧風の名前でさ、物語とか詩を書いているでしょうが。吉本隆明さんも若い頃、エリアンという名前でね、エリアンおまえはなんとかというスタイルで、吉本さんも書いているもん（「エリアンの手記と詩」）。立原は二〇歳前後くらいだろうね、ラムダという名前でね。ラムダというのはね、山に登っちゃうんだ。登っちゃっておりてこない。一〇年間おりてこなかった」

〈みなうそだつた。おそらく今のこの時さへすべてはうそだらう。ラムダは自分がどんな風にして死んだつてもうおなじことだと思つた。それだけだと思つた。生きてゐることが信じられない。夢のやうに〉（「生涯の歌」）

京二「一〇年たっておりてきて死ぬ。だけどね、あれをねー、一九歳か二〇歳くらいで書いているから、本当に才能を持っているやつはちがうね、やっぱり。私はそのくらいの頃、そぎゃん話は書ききらんだった。立原道造、すごいよ、やっぱり」

山に登ったまま下りてこない男の話をして、京二は何を語ろうとしているのか。

〈だがほんとうに悲劇のやうに考へてはいけない。勿論これは何でもないことだつたのだから。そして何と不思議だつたのだらう〉と「生涯の歌」は終わっている。

道子は渡辺の懇切なストーリー説明も耳に入らぬ顔で、あるいは、ばかのふりの道子らしく、すべて承知なのだろうか、弱々しい声を出す。

道子「四時までおられませんか」

京二「なんですか？」

道子「四時まで無理ですか」
京二「四時まで無理かて？　よかですよ。おってよかばってんが、はいはい。じゃあクスリ飲ませてから帰ろうか」
道子「はい」
京二「今度出た『ここすぎて水の径』（弦書房、二〇一五年一〇月刊）は少し読んでみましたか？」
道子「最初の方だけ、米本さんに読んでもらいました」
京二「元気があるでしょうが、文章に。エネルギーに満ちとるもんね。この時期は。気力も充実しとったなあ」
道子「今は、署名ができんです。字がふるえる」
京二「署名はできますよ。だって字は書けるもん。なんですか、紙ですか。はい。窓の外を見てごらん、きょうもいい天気だね」
グーグー、ムーフー。「がーっ」と痰を吐き出そうとする。フーフー。
道子「アイスクリームがまだ喉にひっかかっとる」
京二「ん？」
道子「アイスクリームがまだ喉にひっかかっとる」
京二「そんなことない。口の中で味がするだけですたい。少し水を飲んでみますか。ぐじゅぐじゅしてごらん口の中で。口の中でぐじゅぐじゅ。自分で飲んでごらん。ぐじゅぐじゅしてごらん。こうあてんと飲まれんたい。自分で調節しなさい。ぐじゅぐじゅしてごらん」
道子「あ、はい。喉にひっかかる」
あははは、はははがー、と喉をならす。
京二「カフカに『断食芸人』という作品があるのよ。カフカって知ってる？」
道子「知っています」
京二「何か読みましたか？」
道子「……」
京二「どうですか？『断食芸人』。何日でも断食してみせるわけたい。だけど四〇日で打ち切ってしまうわけよ。興行主はね」
グーグーといびきのような声。
京二「断食芸人にたいする世間の興味がね、だんだんおとろえて、見に来る人がなくなってしまってね、あとはサーカス団にひろわれてね、そして動物小屋の隣に小屋をあてがわれて、最後、死ぬときに、どうして断食するんじゃ、と聞かれてね、この世の食べ物が自分には合わなかったからだ、って。ん？　この世の食べ物が自分には合わなかった、って言って死ぬ。死なすとたい。それが『断食芸人』っていうカフカの短編。ん？」
スースー、グーグー。

＊

道子も「この世と合わなかった」人である。京二の話を聞くうち、私の頭の中でひらめくものがあった。道子日記に「カフカ」は登場するのである。道子がカフカを、と意外に思ったので、日記の中に「カフカ」の記述があることを覚えていた。この日、介護施設を辞去した後、早速、道子日記の中の「カフカ」を探してみた。壮年期でなく、中年期だと見当をつけて、めくった。そうしたら、あった。道子が四〇歳のときだ。この翌年、水俣病闘争に向けて動き出す。

〈※カフカについて、／精神の近代が必然的に荷わねばならなかった新しい原罪はカフカの魂によって荷われた。／K先生案の定おかぜなり。一昨日　道子宅にみえられての帰途寒気がしたとのこと。恐縮。――討論――。（最近読みつつある本の中から――サンド・カフカ・サド――）〉（「石牟礼道子日記」一九六七年一一月一日）

K先生とは高群逸枝の夫の橋本憲三のことである。六七年は、逸枝の死後、東京から水俣に戻ってきた憲三と道子の交流が盛んだった頃である。この日記では、道子は憲三の語る言葉を写しているのだ。〈精神の近代が～〉は憲三の発言である。

〈カフカの魂は強ジンな魂だと思う、と憲三先生。（流刑地と変身と審判）道子沈思――。／カフカの魂に副う神をわたしはみる。／とはいえまだ十年位前に変身を読んだだけでの感想であるから、水俣病を書きはじめたら読まねばとおもう。〉（同）

〈ひるごろ買物、三十分ほどK先生宅。シャツ、ホメラレル。二階ベッドはお体などまず不眠つづくとのお話。その着だくさんにおどろく。牛乳入り紅茶ごちそうになる。〉（「石牟礼道子日記」

一九六七年一一月二日）

〈話題／またカフカのつづき。そのことから、K先生、／「ゆうべは寝はぐれ、／彼女の孤独の質とその深さをおもいやり、自分ははたして彼女の孤独にどれほど相寄りえたか索然たるものがあり、まんじりともせず明かしました」〉（同）

憲三の話はカフカから逸枝に移っている。それをごく自然に受け止めて聞き入る道子がいる。

〈「たとえばカフカが持っていた魂の世界など、あの人はよくみていて、（道子註、このみていてというふうにおっしゃるK先生の表現は、彼女が「みることができた」というふうにいつも云っていた、つまり彼女は主観と客観の総体であった、というようなニュアンスがこめられている）つまりカフカのようなおそろしい世界などもよく知覚していて、なおかつそれをも肯定してこえる愛を持っていた人でした。それほどな彼女の孤独を――」〉（同）

〈「ぼくはとうてい――、／ぼくなどは、まったくあのひとのおかげで、あのひとの愛や孤独のかげで、一生、ひるねして暮したようなもので、あの人にくらべたら、まったくスイセイムシのようにうつらうつらして、／おかげをこうむって、生きてきたようなもんです。／あのひとの愛はまったくしづかで、孤独などといっても、表面は決してそんな姿にはみえないで、みえないところでのたうちまわっているのに、ぼくにはそれがよくわかっていた。決して人に気どられないようにひとりでたたかって、表面はじつにいみじき姿をして、いましたから、死んだ後までもぼくをこうして生かしてくれて、あなたにもおめにかかることができたし、まったくあの人のみちびきですよ／道子さん――」〉（同）

カフカの話だったのに、いつのまにか憲三は自分を語っている。語り手憲三は、道子という導き手によって思いがけない場所にたどりついてしまった。逸枝の魂と逍遥している。その事態を記述しているのが道子である。

カフカは京二に大きな影響を及ぼした作家である。カフカに傾倒するあまり、男が自らの顔を探して彷徨するカフカばりの『顔』という長編を二八歳から二九歳にかけて書いている。『炎の眼』という京二らの同人誌に発表したものであるが、大出版社の文芸誌に掲載されてもおかしくないレベルである。渡辺京二は小説家になってもおかしくなかった。

京二「あんな話を、どうして思いつくんだろうなー。カフカっていうのは変な話をね、変わった話をね。変わった話といえば、吉村萬壱。変わった話ばっかり。ようあげん小説書くね。あなたの作品に関心をもつのが不思議だよなあ。町田康もそうだけどね。グロテスクというか、奇妙奇天烈な世界を書いているんだけど、そういう作家がみんなあなたに関心を示すからねー」

グーグー。がーっがーっがーっ（がーーーと長く引っ張る、喉のつっかえをなんとかとろうとする）。

京二「あなた、うがいをするといいんだけどな、ふらふらしとるからできんもんね。ぼくはね、必ず朝晩うがいをするんですよ。ねばねばが喉にひっついてしょうがないから。朝はうがいをします。昼もします」

道子「なかなか痰がでてこない」

京二「しかしクスリばっかり飲んどるとようなかけんね。便秘がよくなると他の点が少しよくなるのじゃないかと思うけどなー。とにかく便秘を、もうちょっとうんこを、いっとき出よったよね、しばらく出がよかったよねー。ほんのいっときだったね」
道子「きょうからヨーグルトはじめました」
京二「座薬いれてもらって、きつかばってん、とまったときは出すようにせんとね。私はちょっと便秘すると気持ちがわるくて」
道子「こんな話、米本さんは退屈じゃなかですか？」
米本「ぜんぜん退屈ではありません」
道子「ここに座ってお話に加わりなさいませ」
京二「よか、そぎゃん気ぃつかわんで。米本さん、聞いとらす、ちゃんと。私はあと三〇分で帰るから。あとは米本さんがやってくれるから、お話できるでしょう」
道子、ふたたび、スースー、眠ったごとし。
京二「あなた、さあ、人には気ぃつかうばってん、あたしにゃー、言いたい放題してきたな、あなたは、ほんとうにもう。わがままの限りを尽くしたぞ、私には」
道子「ありがとうございました」
京二「言いたい放題、もう、なんて言われたか。ハハハ」
道子「なんて言いましたか」
京二「いろいろ言われまして。もう言わんばってん。はい。しょっちゅう腹かいてからもう」
スースー。

京二「あなたも大変だったね、やっぱり。疳がきついから。疳がきつかと大変たい。ハルノさんは性質からしておっとりしとらしたんだろうね。ばかのふりもしとらしたばってん、たんなるばかのふりじゃなくて、やっぱり性質からしておっとりしとらしたんだろうなー」

スースー。

京二「いまあなたの生きとるきょうだいは妙ちゃんと大阪の勝巳さんとふたりになったたい。もともとが一さんと満さんと五人だったたいな」

道子「はい」

京二「五人だったつが三人。二人亡くなって三人残っとる。まあいいほうだよな」

道子「あと何分すれば発作薬を飲んでいいかなあ」

京二「発作薬はもう飲んでもいいよ。だけど四時のクスリがくるから四時のクスリ飲まにゃんたい。もう発作薬飲まんでいいでしょう、別に。ねえ。だって発作薬は夜おこったらもういっぺん飲まにゃんでしょ。もういっぺんすでに飲んどるでしょうが」

道子「晩は眠りぐすりを飲みます」

京二「発作薬をいま飲むなら四時のクスリは飲まれんよ。三〇分おかにゃんけん。だから四時のクスリを飲んだほうがいいんじゃないですか。ね、ね。もうちょっとしたら四時のクスリです。ね。四時のクスリ飲みましょう。少しは楽になったでしょう、ね、どうですか。あんまり楽にならん？」

道子「楽にならんです」

京二「ものが言えるからね。一番ひどいときはものなんか言えないよ」
道子「はい」
京二「楽にしときなさい。きょうはクスリ飲ませてあげるから」
がーがー、大きないびき。
京二「米本さんね、発作のクスリはね、パーキンソンのクスリとですね、近づけて飲んだらいけないんですよ。反対の作用を持つらしくて、お互い効果がなくなるらしいんですね。だから最低三〇分はおかなきゃいけないっていうんです」
こんこんとノックの音。「ごめんください」と施設事務長の男性くる。郵便物をもってきてくれた。
京二「おにぎりつくったりしとるうちに発作がおこっちゃった」
事務長「ああ、ハハ。石牟礼さん、頑張り過ぎなはったでしょう?」
京二「月末から入院になりそうです。よろしくお願いします」
事務長「私がクルマを出します」
道子「冷蔵庫を買わにゃ」
京二「買わにゃ? なに」
道子「水漏れがして」
京二「もうおカネが足りなくなっているでしょう。おろしてきてほしいでしょう」
道子「はい。三万円くらいであるって、古いのが」

京二「新しいのを買えばいいのに、もう。古いのなんて」
道子「そぎゃん、なごー（長く）は生きません」
京二「ハハハ、そりゃわからんですたい。あの、言いかけたけどね、マドパーっていうクスリを定時にのんで、それがパーキンソンのクスリなんだよ、ドーパミンの。発作のときのクスリと作用が反対らしいから最低三〇分以上おいて飲めっていうことらしいのよ」
米本「はい。わかりました」
京二「こんど四時にマドパー飲ませるからね、発作のクスリ飲むとしたら三〇分以上おいてからじゃないとね。でもそのときにはもう、発作もそう長くはかからんからね。まあ長くて三時間ね」
米本「はい」
京二「もう少ししたらよくなると思うけどね」
道子「六時間おかにゃんとですよ」
京二「六時間もなるときがある？」
道子「六時間おかにゃんです」
京二「六時間？」
道子「はい、発作のクスリは」
京二「いや三〇分って看護師さん言いなはったですよ」
道子「それは間違い。六時間です」

京二「看護師さん言いなはったもん、六時間おきゃなんなら飲まれんですたい。発作のクスリは。二時間おきくらいにマドパー飲みよっとですけん」
米本「発作のクスリと発作のクスリの間が六時間でしょう」
京二「ああ、それね、それを言っているのね」
道子「はい」
スースースースー。
京二「笑うてごらん。笑う気はせん？　えっ、そんなむずかしか顔をして。機嫌のわるか顔をして。ぶすくれたごと顔をしとるとよくないよー。笑うてごらん」
道子が笑う。笑う、というより無理矢理人工的な笑顔をつくった。
京二「ははは。はい、よか顔になったよ。よか顔になった」
スースー。道子は目を閉じた。
京二「うん。ぶーとして、世の中に不服があります、という顔をしたらいかんですよ。（隣の部屋の人のように）私はどぎゃんなるとですか、どうしたらいいですか私は、どうして来てくださらないんですか、と言っていたらだめですよ。あなた結構ですよ。あなたの人徳ですけん。あなたの魅力でいろんな人が来るんですから。ねえ。神さまがあなたにそういうものをくれたんだから、ありがたいと思わにゃ、あなた。不服に思たらいかんですよ。自分のことを不幸だなんて思ったら大間違いですよ」
道子「不幸とは思っておりません」

京二「あなたのごと恵まれている人はおらんですからねー」

荒い息。

京二「うちの敦子（亡くなった渡辺京二の奥さん）は、さんざん貧乏させたのに、死ぬときは、『私は幸せでした』と言って、死んでいかしたですよ」

いびきがやむ。

道子「私も幸せでした」

京二、絶句する。

「……ふむ」と言うのがやっと。

ふたたび、ガーガーと大きないびき。眠っているわけではない。

京二「どうにもならんからね、いたいとか苦しいとかいうのはね。なるべく気分をね、穏やかに明るくもつとよかたい」

ガーグワー。

京二「とにかくね、最近ね、昔からなんですが、情緒不安定なんですよ、この人は。昔からなのね、若いときから、ずーっと。近頃はね、私の生きる場所がない、って言い出したんですよ。自分はたった一人、と書く。なにを言うのか、毎日人がきて世話をして。この施設でこの人の訪問客が一番多いんですよ。私だったらだれもこんですよ。

それなのに、生き場所がない、生き場所がない、と言う。どこかに行くのではなくて、生きる場所ね。困ったもんでね、それがあるんですよ、この人。ねー、ねー、聞こえとらんね。聞こえとるな。聞こえとるな」
道子「はい」
京二「道子さんは、若いときから自分は世の中におる場所がないと思っとったわけよ。幼児の頃からね。この世には私の居場所がないと思とったわけですよ。八八歳になって全然さとりをひらかんのですよ、ねっ」
道子「はい」
京二「ねー。このあいだ大変だったんですよ。夜中に電話がかかってきて、いろいろお世話になりましたちゅうけんね。まだあんた死にゃせんから、明日また行きますよ、と電話を切った。そのあとね、道子さんは妹さんと息子さんに電話しているんです。お世話になりました、と。それで翌日、休みだからね、息子さんが何事かという顔をして名古屋からすっとんできたんですよ。妹さんもすっとんできた。そしたらどうもないわけです。時々、そんなふうになるんでしょうたい。ねー。ねー」
道子「はい」
荒い呼吸が落ち着いた。目を閉じている。発作による朦朧ではなくて安楽の眠りがくる。じきに晩ご飯だ。いつのまにか帽子をかぶっていた京二は道子の顔をのぞきこんだ。すやすやした寝息に安心したのか、「じゃあ、帰りますよ」と言う。眠っていたはずの道子が「はい」といやにはっきりした声で答える。
その頃見つかった道子の未発表短歌を米本が読み上げる。

〈丘遠きくすの若芽のもえのいろくれなゐなれば涙おつるよ〉

〈丘の上のくすの赤きがかなしといふ女ホロ〳〵春をなけなけ〉

〈海沿ひのきりぎし丘の白い雲風が吹いてた楠のあかい芽〉

京二「これもねー、カレンダーの切れ端みたいなのに書いてあったのよ。昭和一九年と二〇年のカレンダーだからね、だから二〇年に書いたのか、あるいは翌年書いたのか。何年かたって古いカレンダーに書いた可能性も排除できないけどね。少なくとも、それ以前ではないということは分かります」

どれにも「丘」という言葉が使われている。当時、道子の家は丘の上にあった。水俣の風景を詠んだものだろう。

道子「それは私の歌ですか」

京二「あなたの歌です」

道子「ふーん」

京二「覚えとらんよね」

残ったお茶を一気に飲んだ京二は立ち上がって、ステッキを手にする。三本目の脚のように両手でステッキに体重をかける。背中が反り気味になって安定感が増す。道子の携帯でいつものタクシーを呼ぶ。帰る準備はすっかり整った。

「それでは失礼します」

ドアから出ようとして、あらかじめ決めていたように振り返る。

「ゆっくり休むのですよ。いいですか。また明日来ますからね」

『苦海浄土』第三部「天の魚」冒頭におかれた詩「幻のえにし」（一九七四年）は道子の思想を凝縮したものとして知られている。二〇二〇年二月九日の道子の三回忌で渡辺京二が朗読したことからも、その重要性は明らかである。

〈おん身の勤行に殉ずるにあらず／ひとえにわたくしのかなしみに殉ずるにあれば／道行のえにしはまぼろし深くして一期の闇のなかなりし〉

生まれついたこの世がぴったりとこない、かなしいわたくしの運命に殉じているのです――と道子は言っている。この場合の「道行」の相手は、道子もその成員である生類である。鳥や虫と人間になんの違いがあろうか。

〈わが祖は草の親　四季の風を司り　魚の祭を祀りたまえども　生類の邑はすでになし〉

すなわち、生類とともに歩むのが道子の道行きである。道子が生類という言葉を用いるとき、そこには人間、渡辺京二のいう〝基層民〟、つまり患者も含まれる。より人間くさい劇的なイメージが「道行」という言葉に託されることもある。

道子は、一九八三年に鹿児島県出水市でおこなった講演「名残りの世」で近松門左衛門の『曾根崎心中』に言及している。当時道子は五六歳。熊本市健軍の真宗寺脇に仕事場を構え、江津湖畔の散歩で英気を養っていた。

『曾根崎心中』は一七〇三年（元禄一六年）竹本座初演の人形浄瑠璃である。おはつと徳兵衛。

相愛の若い男女の心中の物語だ。

〈此の世の名残。夜も名残。死にゝ行く身を譬ふれば。あだしが原の道の霜。一足づゝに消えて行く。夢の夢こそあはれなれ〉

「道行き」の有名なこのくだりは、世代を超えて愛唱されてきた。生のはかなさを刻む哀切なリズムが日本人の琴線に触れるのだろうか。余談になるが、二〇一九年二月に私が居住する福岡市で石牟礼道子の追悼講演会が開かれた際、ゲストの作家、池澤夏樹が、この文句だけでなく、それに続く文言全部をそらんじてみせたのは新鮮なパフォーマンスとして記憶に鮮やかである。

『曾根崎心中』とはいかなる作品なのか。近松門左衛門『曾根崎心中・冥途の飛脚　他五篇』（岩波文庫）の本文や解説によると、大坂梅田曾根崎天神の森であった実際の心中事件を下敷きにしている。同時代の事件を題材にした世話物浄瑠璃なのである。

醬油屋の手代徳兵衛が天満屋抱えの遊女おはつに通い詰める。馴染みとなる。そのうち、徳兵衛に縁談が起こる。一方のおはつも身請けされることが決まった。もう逢えなくなる。同じ思いのふたりはそれぞれの場所を抜け出し、夜明け前に道行きをして、曾根崎の森で果てた――というのが実際の事件のあらましである。

近松門左衛門『曾根崎心中』の心中の動機は、実際の事件とは異なっている。『曾根崎心中』には現実には出てこなかった油屋九平次という男が登場する。徳兵衛は九平次を親友と信じてカネを貸したのだが、九平次は借りた覚えはない、徳兵衛のウソだという。証文はニセモノだと九平次は断言する。徳兵衛は人前で九平次とその仲間らに袋だたきにされる。

〈男も立たず身も立た〉ぬ悔しさに徳兵衛は震える。

〈この徳兵衛が正直の心の底の涼しさは　三日を過さず大坂中へ申訳はして見せふ〉と誓うのだが、九平次は〈一分(いちぶん)は廃つた〉と嘲笑する。

〈一分〉とは「一身の面目」という意味である。面目を失って人は生きていけようか。

〈証拠なければ理も立た〉ぬ。万事休すである。

〈此の上は徳様も死なねばならぬ品成るが。死ぬる覚悟が聞きたい〉

　おはつは縁の下にひそんだ徳兵衛に足でメッセージを送る。

〈独言に準(なぞら)へて。足で問〉うたのである。伸びてきたおはつの足を徳兵衛は刃とみなした。

〈打ちうなづき。足首取つて喉笛撫で。自害するとぞ知らせ〉たのである。

〈ヲヽ其の筈〳〵。いつまで生きても同じこと。死んで恥をすゝがいでは〉

　面目なき、みじめな状態で生きるより、死を選べ、と女は言う。

〈互に物は言わね共。肝と肝とに応へつゝ〉心中の合意が成る。

『曾根崎心中』における心中とは、魂の合一を希求した男女が、死によって現世を超えて、「一分」の回復をはかることである。この世で生きていてもどうにもならない。あの世と違う、この世とパラレルの「もうひとつのこの世」を求めた石牟礼道子が『曾根崎心中』にひかれるのは至極当然なのだった。

　道子は一九八三年の講演では、前近代の民がごく自然におこなってきた草や木との対話の話のあとに、『曾根崎心中』を持ち出している。心中のベースとなる男女の情愛の話でなく、名もなき民衆の自然との対話という流れから、『曾根崎心中』にアプローチしているのが道子らしい。

〈自分の周りの誰か、誰か自分でないものから、自分の中のいちばん深いさびしい気持を、ひそやかに荘厳してくれるような声が聞きたい〉と道子は言う。

　心中の道行きとは、生を「荘厳」する行い、と道子は捉えていた。

〈普通の日常でも人間お互いいかなる関係であれ、他者と心溶けあう瞬間を待ち続けて生きているのではないでしょうか〉

　京二との魂の邂逅を彷彿とさせる言葉である。

〈これがなかなかうまくはゆきませんけれども、人間そのような存在であると、うなずける情愛の世界を、近松さんも書こうとしたようにわたしには思えます〉

　道子は、心中の道行きを、男女の情死というより、もっと幅広く、人間らしく存在する上でやむにやまれぬものとみなしている。道子が語る『曾根崎心中』の道行きは、具体的には次のようなものである。人形に憑依したかのように熱がこもる。

〈心をきめて死ににゆくまでの道行、面差(おもざ)しをやや伏せ気味の、浄瑠璃の頭(かしら)の人形さんが、白い手拭いをかぶりまして、その片端を唇の端にくわえたりなんかして、半分俯せた顔をかくし、切迫感にあふれる文楽特有の三味の合奏に乗りまして、曾根崎の森にかかります。ちょうど七つ刻(どき)で、お寺の鐘が鳴りはじめます。七つ刻というのは、今で言えば暁け方の四時ごろですね。二人が歩みはじめるとお寺の鐘がごーんと鳴る〉

　道子の語りとともに、ごーん、という鐘の音が、実際に聞こえてくるような心地がする。

〈その鐘が、文楽の非常にたかめられて華やかで荘厳な、じつにボルテージの高い、しかも抑制の極度に利いているような三味線の流れの中で、とてもいい音で鳴るんです〉

鐘は単独でごーんと鳴るわけではない。よき響きで鳴るためには、「流れ」が必要だと道子は言っている。『曾根崎心中』の場合だと、死によって現世を超えようとする男女の必死の思いが、曾根崎の森を駆け抜ける「流れ」をつくる。想い合うふたりの情念が臨界に達したとき、ごーんと鐘が鳴る。

渡辺京二は二〇一九年の講演で、道子の道行きに言及している。道子原作の新作能『沖宮』は民衆の救済に立ちすでに没した天草四郎と、道子をモデルとしたあやがともに海底に沈む話である。京二は四郎とあやの海底行きを「道行き」とみなした上で、

〈道子さんはね、道行きが大好きなの。もともとが。心中が大好きなわけね。もともとがね〉と述べている。

〈でもねえ、こんどはついひとりで死んだので、どうも甘美さに欠けてました。泣きなが原というところで心中をしてみれば、死ぬということの甘美さがわかると思うのですけれど〉（石牟礼道子「えんま大王さまにある死人のいうこと」一九七五年）

「泣きなが原」とは大分県九重町の草原の昔の呼び名である。道子が最も好きな日本の地名なのだ。道子の九重行に同行した俳人の穴井太は、〈そのとき高原は深い霧につつまれて、一寸先も分からぬ無明の闇と化していた。裸足になって歩き出した石牟礼さんを、泣きなが原のお地蔵さんが、しきりに手招きしていたようだ〉と書いている（石牟礼道子句集『天』編集後記「句集縁起」）。

その九重行の折の句が、〈死に化粧嫋々として山すすき〉〈まだ来ぬ雪や　ひとり情死行〉の二句である。広く知られる〈祈るべき天とおもえど天の病む〉の句も泣きなが原でできた。〈おもかげや泣きなが原の夕茜〉という秀句もある。

二〇二〇年二月一六日、熊本市在住の八九歳の渡辺京二は、知人のクルマで泣きなが原を訪れている。〝この世の見納め〟的なニュアンスが濃厚なドライブの行き先に、道子の泣きなが原を選んだのである。あいにくの雨だったが、九重は妙に雨が似合っていた。京二も道行きがきらいではなさそうなのだ。

生類との道行きがからだに染み込んでいる石牟礼道子が、『曾根崎心中』的な道行きをするとしたら、その相手は、魂の邂逅を果たした渡辺京二以外にありえない。おはつと徳兵衛のイメージを、道子と京二に重ねてみたい誘惑にかられる。虫や鳥も喜んでついてくるだろう。

〈二人が歩みはじめるとお寺の鐘がごーんと鳴る〉

道子と京二の関係は、いろいろな言葉で言い表されてきた。一番ポピュラーな言い方が「作家と編集者」であろう。「思想・文学的同志」もなかなか座りがいい。しかし、「心中の道行き」以上にふたりの関係を適切に言い表す言葉があるだろうか。これまでの章で詳述したように、道行きに至る「流れ」はできているのだ。

道子の部屋に、「はい、こんにちは」と京二が入ってくる。帽子をとり、「どうですか」と上着をぬいで道子のそばに行く。ふたりとも素知らぬ顔をしているが、しかと理由の分からぬまま、緊張の水位が高まる。

ごーん。

道子の部屋にふたりがそろうと、私はいつも、曾根崎の森に響いたのと同じ鐘の音が、部屋中に響くような気がしていた。

京二は台所に立つ。白ネギを刻む。サクサクというその音は、道行きのふたりが明け方の霜を踏みしめる無常の音に聞こえないか。煮しめの鍋に浮かぶその水滴は、踏みしめるひとあしひとあしを濡らす森の夜露ではなかったか。

ごーん。

道子がベッドでぐったりする。京二が体の向きを変えてやる。毛布、布団をかける。「もうちょっと上。いや行き過ぎです。あ、もっと下。あ、行き過ぎた。はあ、もうよかです」というわがまま放題の道子の要求に京二はいちいち応えてやる。女に刃を突き立てる男の〈魂のありかを一つに住まん〉心境なのではないか。

ごーん。

京二は道子の手紙の整理に熱中している。道子はスヤスヤ寝息をたてる。まもなく日が暮れる。

京二が帰ったあと、道子は発作から脱した。二、三時間横になると元気を取り戻すのである。『苦海浄土』で描いた水俣病患者、田中実子の話になった。一九七〇年一一月に大阪でおこなわれたチッソ株主総会に乗り込む前、患者や道子らは実子の父義光の指導でご詠歌の稽古をしたのである。思い出した。八八歳の道子が歌う。

人のこの世は永くして
かはらぬ春とおもへども
はかなき夢となりにけり
あつき涙のまごころを
みたまの前に捧げつつ
面影しのぶもかなしけれ

「ご詠歌の稽古のとき、はかなき夢となりにけり、のところを、集まったおばあちゃんたちは、はかなき恋になりにけり、と必ず替えて歌うのです。ばかどんが、と義光さんが怒りよりました。おばあちゃんたちは笑いよりました。本番では正確に歌いました」

歌うことで記憶の扉が次々に開いていく。

「写真家のユージン・スミスさんが実子ちゃんの写真をたくさん撮っとります。たくさん撮るためにはたくさん通わないといけない。ご詠歌の稽古のとき、実子ちゃんもいました。美女だけども、ゆらゆらして、体全体が頼りない。口の端から、よだれが、つーっと垂れて。痛ましかったですね。（記録のために）私も写真を撮ろうかと思ったばってん」

まもなく晩ご飯が来る。ヘルパーさんがお膳を運んでくるのだ。書きものの机が食卓になる。私は帰る支度をする。「ご飯を炊きましょう」と道子は言う。私の空腹の心配をしてくれているのだ。それはありがたいのだが、いまからご飯を炊く？

翌日の正午過ぎ、私が道子の部屋に行くと、渡辺はもう到着していた。昨日の発作がひどかったので、心配したのだろう。いつもより二時間も早く来た。

京二「これ、だれか、持ってきたの？」

机の上の花瓶に、椿の花が何輪か挿してある。生花ではない。道子がいつでも鑑賞できるようにと、精巧な造花をだれかが買ってきたのだ。私が持ってきた椿の一輪挿しは、母ハルノや夫弘を祀った仏壇の中に置いてもらっている。それだけでは寂しいと、来客のだれかが気を利かしたのだ。椿は京二の好きな花でもある。

京二「次のエッセーのテーマ、決まりましたか？」

道子「いま考え中です」

京二「そう。ま、再来週が締め切りだから、そう急がんでもいいからね」

道子「海でおぼれた話を書こうち思います」

京二「そう。書きたいことを書けばいいですよ」

道子「はい。よその兄（あん）しゃまに助けてもらって……」

京二「そうですか。さあて、それじゃあ、私は失礼しようかな」

帽子をかぶる。文字でも書けば京二がもう少しいてくれると思うのだろうか、道子は原稿用紙をにらんでいる。字は浮かばなかったらしく、「ありがとうございました」とあきらめたような声を出す。
道子「京二さん」
京二「はい」
道子「おからだを大切になさいませ」
ふたりは握手をする。帰り際にはいつものことだ。固く握り合うわけでなく、型どおりの握手である。去る背中を道子はじっと見ている。京二は手を振った。
「また明日来ますからね」

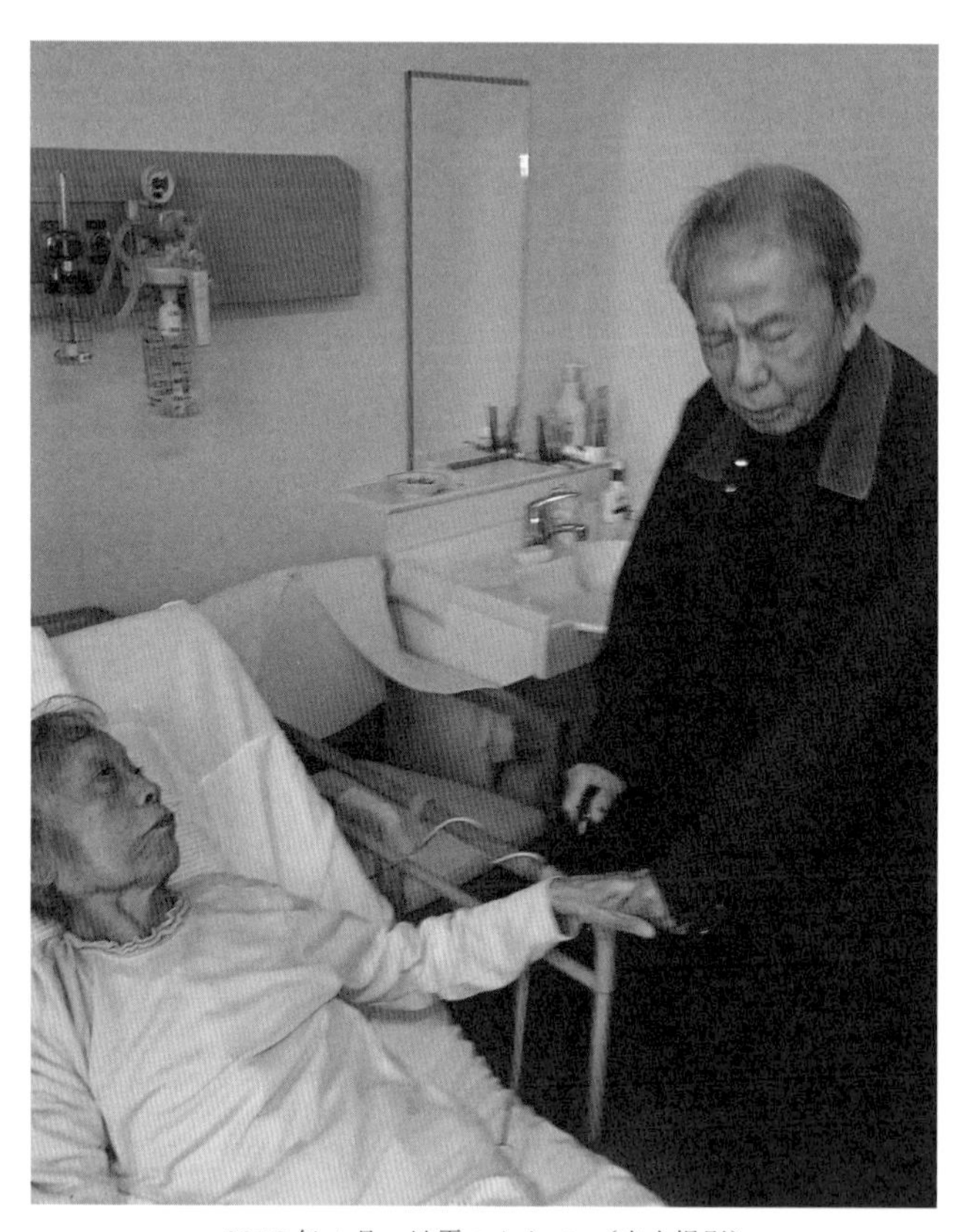

2016 年 4 月、地震のあとで。（米本撮影）

6　訣別の章

第一～五章では、「道子」「京二」と敬称を略すなど、ドライな書き方をしてきた。ドキュメントには「道子」「京二」がふさわしかったからである。しかし、石牟礼道子さんの終焉をつづる本章では、「石牟礼さん」「渡辺さん」と「さん」をつけて書こうと思う。ふたりを取り巻く空気を書くには、実際にそう呼んでいた「石牟礼さん」「渡辺さん」と記述するのが妥当と思うからである。

石牟礼道子さんが亡くなる四日前の二〇一八年二月六日、石牟礼さんの長男道生さん、妹の西妙子さん、介護施設の事務長の三人が午後、主治医に呼ばれた。渡辺さんも行く予定だったが、雪の降る寒い日であったことから、妙子さんが止めた。

主治医は「今週いっぱいが危険で、今月末までもてば、という状態であるから、覚悟しておくように」と言うのである。その日の夜、道生さんと連絡がとれて、私は「危険」だということを知った。

私は同じ日、渡辺さんの周辺の人からもメールをもらっていた。「この一週間がひとつのヤマだそうです。ヤマだからまだ越える可能性もある、とのこと」というのである。道生さんの知らせと違うのは「ヤマだからまだ越える可能性もある」という文言が入っている点である。

正直に言うと、私はこの時点で石牟礼さんが亡くなると思っていなかった。「ヤマ」というが、ほぼ毎日発作に見舞われ、全身が硬直するほどの呼吸困難に耐えてきたのである。発作は見ているのもつらいほど過酷なものだったが、終わってしまうと石牟礼さんはケロリとして、机に向かって裁縫をしたり、本などを読んだりする。今回の「ヤマ」も一時的な落ち込みであって、ここをしのげば、また口述ができるほど回復する、と思っていた。

渡辺さんが、石牟礼さんの死後、「まさか亡くなるとは思わなかった」と放心気味に語ったことがあった。掛け値なしの本心であったろう。渡辺さんは私以上に、発作に苦しみ、そこから立ち直った石牟礼さんをまのあたりにしている。「ヤマ」と言われてもピンとこなかっただろう。

二〇一八年二月七日、私は熊本市にある石牟礼さんの介護施設に行った。石牟礼さんの個室は二階にある。これまで石牟礼さんの介護・介助を担ってきた石牟礼道子資料保存会事務局長の阿南満昭さんが一階のロビーで待機している。その表情を見て、状況が一変したのを悟った。緊張して石牟礼さんの部屋に入る。鼻に管が入っている。酸素吸入。「にゅうめん、また食べましょうね」と言うと、「はい」と応える。かすれ声。熱が時々三八度を超える。水俣から来た妙子さんは「明日からホテルに泊まる」と言う。

二月八日正午過ぎに介護施設に行った。いったん来た渡辺さんは帰ったという。「泣きに帰られた」と私は思った。お別れはとっくに済ませていたのであろう。

午後五時、石牟礼さんが目をぱちぱちさせている。

「息苦しさ、とれました？」と話しかけると、

「とれました」とはっきり言う。

昏睡。午後九時、顔が土気色になり、呼吸が止まる。呼び戻そうと、懸命に声をかける。「道子、道子ォ」と少々乱暴な物言いもした。五秒、六秒……。呼吸が戻る。皮膚に赤みがさす。また呼吸が止まる――その繰り返しだ。

午後九時四〇分過ぎ、落ち着く。「わかりますか」と問うと、石牟礼さんはうなずく。手を握ったら握り返す。意識明瞭なり。午後一〇時過ぎ、渡辺さんがステッキをついて来た。

「私が来ても、ほとんど分からないみたいね。ハーハー苦しそうだね。いろいろ言ったってね、分かっているかどうか」と言う。

渡辺「あなたが二、三日前来たときは話ができたんだね」

米本「はい」

日付が変わり、九日午前二時。「あなたは泊まるところがないだろう」という渡辺さんのご厚意で渡辺さんの書庫用マンションに泊めていただく。どんな本があるのか見たいところだが、寒いし、事態は切迫しているし、すぐに眠りに引き込まれた。

二月九日午前中、危篤状態がつづく。午後二時、道子さんの部屋の前まで行く。「ありがとう、

ありがとう」。石牟礼さんに話しかけているのであろう、渡辺さんの声がする。

水俣市在住の大津円さんの手記「石牟礼さんの最期の一つの記録」（『残夢童女　石牟礼道子追悼文集』所収）がある。大津さんは数年前の一時期、石牟礼さんの介護者・秘書として務めた経験があり、石牟礼さんと渡辺さんの信頼が厚い。大津さんは二月九日午後二時頃、介護施設に到着。翌日未明の石牟礼さんのご臨終を見届けている。

午後三時、名古屋市在住の石牟礼さんの一人息子の道生さんが到着。夕方、渡辺京二さんが自宅へ戻る。先が見えない状態が続き、疲労心労の極みである。道子さんの一つ下の弟一さんの長女ひとみさんが到着。一さんが列車事故で亡くなったとき、道子さんは幼かったひとみさんの手をひいて、線路上を歩いた。幼な子は、線路に散らばった父の指を拾った、と道子さんのエッセーにある。

石牟礼さんの部屋には、長男の道生さん、妙子さん、ひとみさん、大津さんが待機。介護者・秘書として石牟礼さんに長年貢献した米満公美子さんも来た。「きつかですねえ」とむくんだ手の甲をさする。熱は三九度近くある。夜になって、石牟礼さんは一度目をあけたが、何も言わずに閉じた。午後一〇時を回り、道生さん一人が残った。

二月一〇日午前一時ごろ、石牟礼さんの容体が急変。道生さんがホテルの妙子さんに電話で知らせる。妙子さんとひとみさんはホテルから大津さんの車で介護施設に戻った。

〈打って変わったご様子に一瞬立ちすくむ。「姉ちゃん⁈」と妙子さんが駆け寄る。頬が窪んで顎ががくっと落ち、先ほどまでとは明らかに様子が違う。看護師さんが声をかけながらこまごま

とお世話をされている〉

石牟礼さんが再び目をあけた。「お母さん！」と道生さんの声が響く。石牟礼さんはひとすじの涙を流した。

〈腰掛けて診ておられた看護師さんが、石牟礼さんに穏やかに話しかけていたのと同じ調子で、「呼吸が止まりましたね」というようなことを言われた時、すーっと、何かがすーっと引いて行った気配を感じたが、今思えば、生と死の境目をとても自然に渡っていかれたのだと思う〉

看護師が「心臓も止まりましたね」と言った。午前二時二〇分を少し過ぎた。主治医が午前三時一四分、石牟礼さんの死を確認。その時刻が死亡時刻になった。死因は「パーキンソン病による急性増悪」である。九〇歳。

石牟礼さんのご遺体は夜明けに近くの葬儀社に移った。午前七時半過ぎ、真宗寺の佐藤薫人住職が来て、枕経に正信偈（しょうしんげ）をあげた。道生さん、妙子さんのうしろで私は手を合わせた。

午後、渡辺さんは大津さんに「石牟礼さんは苦しんだ？」と尋ね、大津さんが「いいえ」と答えると、「ああ、それはよかった」と安堵した。〈道子さんは多少息が荒かったものの、苦痛を訴えることはなく、いわば安らかに逝かれた。それが彼女の私への最後の贈りものだったのだ〉
（渡辺京二「石牟礼道子闘病記」）

渡辺さんは悲しむいとまもなく、石牟礼さんの部屋の後片付けに追われることになった。その日のうちに施設を退去せねばならないのだ。資料保存会のメンバーが何人か加勢し、数時間で整理が一段落した。

渡辺家に親近者らが集まる。「お父さん、電話です」と長女の梨佐さんが呼ぶ。渡辺さんは「またか」と困惑顔で立ち上がる。全国紙から原稿の依頼である。

「はいはい。何をですか？　追悼文？　いやいや、私は身内ですから。身内が書いたらおかしゅうございます」

そして「夫ですから」と付け加えた。集まっていた人々がざわつく。居合わせた熊本日日新聞の女性記者が「すごい」とつぶやいた。そこまで言うのか、と驚いている。渡辺さんは知らん顔で、「身内が書いたらルール違反だ。石牟礼道子の追悼文なら書く人は大勢いるさ。いろんな人に書いてもらった方がいいですよ。それにいまさら私が何を書くんだ。書いたってしょうがないよ」と言うのである。

二月一二日の葬儀は雪が舞った。出棺を待つあいだ、渡辺さんが東京から来た編集者と話しているのが聞こえた。編集者は石牟礼さんの追悼文を依頼したようだった。渡辺さんの声が私にはっきりと聞こえた。

「わが嫁の、追悼文を書いたらヘンでしょう」

編集者は息をのんだようだった。「わが嫁」。石牟礼道子は自分の嫁だと渡辺京二は言っている。私はさりげなく回り込んで、そこまで口にする渡辺さんの表情をうかがった。沈着冷静ないつものポーカーフェイスである。無表情で真情をガードしているのだが、ガードしているには見えない自然さがある。渡辺さんは、杖で喪服のからだを支えながら、いつまでもいつまでも、石牟礼さんの棺をのせた車に、手を振るのだった。

さようなら。さようなら。

「身内」とか「わが嫁」と口にする渡辺さんは世間の鈍感さに辟易していたのではないか。半世紀、石牟礼道子の編集者として伴走したが、それをそれとして納得している（納得しているふりをしている）周辺の人々の妙に落ち着いた態度はどうだ。いいかげんに気づけよ、と啖呵を切りたいくらいだ。知らんふりをしようとするなら、オレから言ってやろうか。渡辺さんはどさくさ紛れにホントのことを語って、うっぷんばらしをしたかったのではないか。石牟礼さんが亡くなった非常事態のいまなら、本心を吐露できる。

追悼文は一切書かないはずの渡辺さんがひとつだけ書いた。俳人の黒田杏子（ももこ）さんが主宰する『藍生』（二〇一八年六月号）に掲載された「カワイソウニ」（『預言の哀しみ――石牟礼道子の宇宙Ⅱ』所収）である。四百字詰め原稿用紙二枚半の短文だ。例によってシニカルな調子で石牟礼さんとの関係について記している。

〈じゃ何でおまえは五十年間も原稿清書やら雑務処理やら、掃除片づけから食事の面倒までみたのかとお尋ねですか。好きでやっただけで、オレの勝手だよ、と答えればよいのですが、もちろん私は故人の仕事が単に大変な才能というにとどまらず、近代的な書くという行為を超える根源性を持つと信じたからこそ、いろいろお手伝いしました〉

その次に、カワイソウニという言葉について決定的なことを述べている。

〈しかし、そういう大変な使命を担った詩人だからこそ、お手伝いに意義を感じたのだと言えば、もうひとつ本当ではありません。私は故人のうちに、この世に生まれてイヤだ、さびしいとグズり泣きしている女の子、あまりに強烈な自我に恵まれたゆえに、常にまわりと葛藤せざるをえない女の子を認め、カワイソウニとずっと思っておりました。カワイソウニと思えばこそ、庇ってあげたかったのでした〉

「カワイソウニ」には伏線がある。『日本詩歌思出草』（二〇一七年）所収の中勘助の少女への愛を描いた文章が「可哀想」に言及している。男が女を「可哀想」と思うことは〈男の女に対する最高の愛のありかたと思えるのだ。（中略）無私の愛とは慈悲でなくて何であろうか〉。『藍生』の「カワイソウニ」で渡辺さんは、自分は石牟礼道子を「カワイソウニ」と思った、と述べている。渡辺京二は、『日本詩歌思出草』と『藍生』の合わせ技で、半世紀以上一緒にいた石牟礼道子への、男としての愛を明らかにしたのである。

　渡辺さん本人から「カワイソウニ」の真意を聞かねばならない。二〇一八年一一月二一日、渡辺さんの家で私は改めて聞いた。渡辺さんは言う。

「世界は引き裂けている。自分の存在も引き裂けている。言葉が伝わらない。そういう根源的な不幸感が石牟礼さんにはあります。それはやはり人間の本質を衝いている。道子さんは、人間の本質を非常に鋭く、深く、感じ取っていく。普通の人間には、そうないことです。彼女の根源的な不幸感をぼくはカワイソウニと言ったのです」

「あれだけ才能があって、才気があって、強烈な自我がある。こうしたいと思えば絶対やってしまう。止められない。しかし、自分がこうしたいと思うことが、周囲との摩擦や衝突も生む。ある意味での狂女でもあるわけです。それで、彼女は、ずっと大変だった。そのへんも、ぼくはカワイソウニと言ったわけなのです」

石牟礼道子という人の本質を洞察した上でのカワイソウニだったのだ。だからといって渡辺さん本人の口から「ほれた」とか「愛」などの言葉は出ない。『日本詩歌思出草』などみずからの著作にヒントをちりばめるのみである。

「カワイソウニ」という思いの強さは、渡辺さんが、石牟礼さんの葬儀の翌日、道子の新作能『沖宮』上演の熊本実行委員会を発足させたことからも明らかである。渡辺さんの招集で約二〇人が熊本市のホテルに集まった。世間的には喪に服すべき時期である。上演成功のために動くことが喪に服することだ、と言わんばかりの渡辺さんの熱情に、私を含めて異をとなえる者はいなかった。

二〇一九年九月二日、私は京都へ行った。瀬戸内寂聴さんに会わねばならぬ。瀬戸内さんと懇意な徳島県立文学書道館学芸員の竹内紀子さんが同行している。竹内さんから、瀬戸内さんが拙著『評伝　石牟礼道子――渚に立つひと』を読んで、著者に会いたいと言っている、と聞かされていた。

石牟礼さんと瀬戸内さんは古い知り合いである。瀬戸内さんは伝記「日月ふたり――高群逸枝・橋本憲三」を書くため、一九七三年二月、水俣を訪れた。瀬戸内さんが橋本憲三を取材できるよう石牟礼さんが仲介の労をとった。それがふたりの最初の出会いである。交友は続き、八二年一〇月には石牟礼さんは瀬戸内さんの求めに応じて徳島で講演している。

瀬戸内さんはかねて懇意な黒田杏子さんから「カワイソウニ」の話を聞き、石牟礼さんと渡辺さんの恋物語を書こうと思ったようである。しかし、小説を書くには、膨大なディテールが必要である。瀬戸内さんは渡辺さんとの面会を望んだが、渡辺さんは高齢に加えて腰痛の不安を抱えており、クルマでも新幹線でも、京都まで行きかねる。面会の意欲はふたりとも強いものがあったが時間の経過とともに膠着状態になっていたのだ。

私は人間通の瀬戸内さんから「カワイソウニ」を読んだ率直な感想を聞きたかった。「石牟礼さんも、渡辺さんも、会った瞬間、ほれちゃったということでしょう」と寂聴さんは開口一番言うのだ。「カワイソウニ、というのは?」と私は一気に切り込んだ。瀬戸内さんは間髪入れず、「男が女にほれた表現です」と断言する。寂庵を辞し、新幹線で博多へ戻りながら、「男が女にほれた」という寂聴さんの言葉が木霊のように耳から消えなかった。

私の頭の中には、小さな座り机が浮かんでいた。小学校低学年の児童が使うのにぴったりの、小さな、小さな机だ。実に印象的な話を二〇一九年の六月、私は熊本市の渡辺家で聞いたのだった。

その日、私は渡辺京二一家の住居の変遷について取材していた。石牟礼さんが渡辺家に泊まったという話を書くにしても、間取りが分からないと話にならない。「一日、五百歩がやっとだ」と加齢に伴う体力の減退を嘆く渡辺さんは、気の置けない客の前では昼でもパジャマで通す。この日もあとで旧知の津田塾大教授、三砂ちづるさんが来たが、パジャマのままだった。何気なく語られる渡辺さんの言葉——。

「玄関の二畳が書斎だった」

　東京から帰ったばかりの、一九六五年春のことを私は聞いたのだ。渡辺さんと妻・敦子さん、梨佐さんら娘二人の合計四人家族は、熊本市黒髪町宇留毛三六三の長屋式借家に入った。平屋の家が二軒くっついており、そのうちの一軒が渡辺家だ。梨佐さんは小学校の新一年生である。玄関の二畳が書斎……。

「玄関の二畳、ですか」と私は念を押した。

　なんだそんなこと、と言わんばかりの顔で、渡辺は「そう、玄関の二畳」と繰り返す。長屋の玄関に置いていたのは小さな座り机である。当時、渡辺家を訪れた人は、机に向かう渡辺京二の姿をまず目にしたわけである。

　机は奥行き四五センチ、横七六センチ、高さ三二センチ。小さいが安定感は格別である。中国・大連から熊本市に引き揚げてきた直後、母かね子さんが息子の京二のために古道具屋で買ったものだ。大人になって、結婚してからもずっとこの机で書いてきた。

　その机とは別に、現在の健軍の家の書斎の机は、机と椅子がセットになったものだ。母かね子さんの妹テツさんが一九五八年、京二と敦子の結婚祝いにくれたものである。幾度か引っ越しても、テツのくれた机と椅子、かね子のくれた座り机を渡辺さんは手放さず、二つの机を兼用して書いてきた。主著の『逝きし世の面影』は座り机で書いたのである。

　座り机はいま、梨佐さんの管理下にあり、二階に隠居している。二階の廊下の行き止まり、タンスの隣にそれはあった。踏み台かと見まがうほど小さい。こんなかわいらしい机をよく大人が使ってきたものである。かがんだまま長時間書いていると、腰を痛めなかっただろうか。じっと机を見下ろしているといろいろな思いがわく。梨佐さんの声がする。

「この机に向かって書くのがふだんの父です。ノートを広げたり、原稿用紙を広げたり。本は横に重ねるのでしょうね。使い慣れているのでしょう。道具に全然こだわらない。若いときの父が〝ぼくは機能主義者だから〟と言ったのを覚えています。使えさえすればなんでもいい、という意味でしょう。一方で、〝生活はディテールズだよ〟とも言っていた。ディテールズとは細部のこと。少しずつ、好きな、いいものをそろえていく。別に高価なものとかじゃなくて、趣味のいいものをそろえる。父といえばとにかく、この机に向かって背中を見せているイメージです」

渡辺さんから「玄関の二畳」と聞いた瞬間から、反射的に石牟礼さんのことが私の頭に浮かんでいた。渡辺さん宅の机の表面の年季の入った〝てかり〟をながめる。

石牟礼さんもまた、父亀太郎さんが小学生の時分に買ってくれた座り机を、大人になってからも愛用していたのだ。石牟礼さんの書斎を初めて見た印象を渡辺さんは以下のように書いている。何回引用するか分からぬほど引用している箇所だが、具体的な情景が必要なので、やむを得ない。〈畳一枚を縦に半分に切ったくらいの広さの、板敷きの出っぱりで、貧弱な書棚が窓からの光をほとんどさえぎっていた。それは、いってみれば、年端も行かぬ文章好きの少女が、家の中の使われていない片隅を、家人から許されて自分のささやかな城にしたてて心慰めている、とでもいうような風情だった〉(渡辺京二『苦海浄土　わが水俣病』解説)

石牟礼さんのつつましい〝書斎〟を描写したものだ。渡辺さんの「玄関の二畳」も同じような風情だったのではないか。一九六五年当時、渡辺さんの家は長屋であり、石牟礼さんの家は小屋と呼ぶのが適切だったと言われるほど貧弱な家屋だったが、一隅に机を置いて、書斎とした心根は、似ている。〈家人から許されて自分のささやかな城にしたてて心慰めている〉という点で同じなのだ。

渡辺さんは、石牟礼さんのささやかな書斎を見たとき、荒野で同胞とめぐりあったような親近感を覚えたのではないか。石牟礼さんものちに、渡辺さんの玄関の二畳に置いた机を見て、私と同じだ、と思ったのに違いない。

渡辺さんの座り机をめぐって、梨佐さんには忘れられない思い出がある。まだ前述の長屋にいた頃だ。

梨佐さんは夜中に目が覚めた。一緒に寝たはずの母も妹もいない。薄暗い電灯の下、父は玄関の二畳で机に向かっている。その背中は微動だにしない。梨佐さんは思い切って、「お父さん、お母さんがいない」と話しかけた。父は背中を向けたまま「お母さんは入院したよ、赤ちゃんが生まれるから。ちいちゃん（妹）はおばあちゃんのところに行った。心配しないで寝なさい」と言うのである。

ホラー漫画の楳図かずおを愛読していた梨佐さんはおばけがこわくて仕方がなかった。深夜というだけでもこわいのに、一緒に寝ていた母や妹がいなくなった事実が恐怖に輪をかけていた。しかし、父のあまりにも冷静な声に「ぱっとこわくなくなった」という。

常々、父は「おれが行くとおばけは退散するのだ」と自慢していた。梨佐さんは、いつも冷静な父を頼もしく思う一方、「おばけと共存できない人」とも感じて、少しかわいそうにも思うのだった。

梨佐さんが夜中に目覚めて、目撃した光景、ということであれば、すぐに思い出すシーンがある。これには石牟礼さんがからむ。拙著『評伝　石牟礼道子――渚に立つひと』から引用する。

〈九五年八月、六八歳の道子は大分県佐伯市の民家に泊まった。親しい人たちとの小旅行である。同じ部屋で寝た渡辺京二の長女山田梨佐は夜中、ある気配で目覚めた。眠ったはずの道子が四つん這いになってブツブツ言っている。

「お前たちは……どうして……言うこときかん……もうよか……どげんこげんも」と目下の者に言い聞かすような口調である。部屋には道子と梨佐しかいない。驚いた梨佐は「石牟礼さん、石牟礼さん」と呼びかける。道子は何も聞こえない様子で、低い姿勢のまま部屋の隅ににじり寄る。

「話していた相手は動物ですね、小動物です。猫かと思いましたが、猫とはちょっと違うような感じもありますし、精霊……でしょうね」と梨佐は振り返る〉

夜中に目覚めた梨佐さんは、精霊と話す石牟礼さんをまのあたりにしたのだった。「されく」という言い方が九州にはあるが、このときの石牟礼さんは寝たまま漂浪いていたのである。旅先で日常の桎梏から解き放たれ、頭脳の働きが自由になった深夜、石牟礼さんの魂は現身を離れ、〝もうひとつのこの世〟というべき、この世とパラレルの世界へ入って行ったのだろうか。

道子さん存命中の二〇一五年、梨佐さんの目撃談を道子さんに伝え、このエピソードを本に書くことを告げたとき、「梨佐ちゃんが見たのですね。ならばよかった。この世と決定的にズレた私のことを、これで分かってもらえます」と石牟礼さんはサバサバした口調で言ったものだ。

長々とエピソードを紹介したのは、渡辺さんと石牟礼さんの違いを強調したかったからだ。しばしばおばけを目撃し、ついには自ら精霊の眷属になる石牟礼さん。おばけを信じず、クールに振る舞った挙句、おばけという言葉までも無化してしまう渡辺さん。

石牟礼さん、渡辺さん、ふたりの違いが浮き彫りになるのは、あくまでも梨佐さんという観察者の視点を通してである。梨佐さんがいなければ、おばけのエピソードなどだれも気に留めず、記録には残らなかっただろう。右から左に消えていっただろう。


石牟礼さんのために家をあける渡辺さんを、渡辺さんの長女梨佐さんはどう思っていたのか。昼間出ていって、深夜、帰ってくる。たまにそうするのでなく、ほぼ連日、父は石牟礼さんのところに行くのである。ほとんどの日、夕食をつくる。妻子がある男が連日、他の女のための食事をつくるとはどういうことであろう。

二〇一九年春、渡辺さんの『バテレンの世紀』が第七〇回読売文学賞評論・伝記賞に決まった。渡辺さんは長旅による腰へのダメージを警戒して、東京の授賞式には行かなかった。代理出席したのが梨佐さんである。

式は無事終わり、食事のあと、小さな店で二次会があった。梨佐さんの正面に座った私は、自由闊達な会話の流れに便乗して、渡辺さんの石牟礼さんへの献身について聞いた。渡辺さんの家族はいったいどう思っていたのか。梨佐さんは隠すということがない人である。語ったのはひとつのエピソードだ。亡くなった妻敦子さんの似顔絵を渡辺さんが描いた。その絵を梨佐さんにくれた、というのである。

「父には、絵心なんかないと思うのですが、母の若いときの似顔絵を、デッサンで、描いたのです。その絵を見せてもらった。お母さん描いてみた、と恥ずかしそうに言って、そっと、見せてくれた。すごく、胸が痛くなった。この人、お母さんがいなくてさみしいね、とか全然言わない。あんなことあったとか、思い出も全然言わないけど、その父が、母の絵を見せてくれたとき、〝許す〟と思いました。

母にどうだったのかな、この人は、といまになって思うのだけど、絵を見たときに、ああ、ほんとに若いとき、母のことが、やはりなつかしい、死なれて、さびしい、そんな気持ちなんだ、お父さんは、と思った。その絵を去年だったか、くれたんですよ、私に。死ぬかもしれんって言っていた時期だったから、なんかちょっと……。自分で持っていたらいいのに。

母は二〇〇〇年に亡くなりました。六八歳です。母の方が長生きするのかなと思っていたから、ちょっと早くて。子供をとてもかわいがったので、子供たちはみんな母が大好きだったから。そういう意味では幸せな……」

二〇二〇年。石牟礼さんの没後二年の集いを、石牟礼さんが住んでいた熊本市で開きたいと思った。熊本市中央区上通町の老舗・長崎書店にホールがある。渡辺さんの著書『気になる人』で渡辺さんと対談している書店員の児玉真也さんに頼むことにした。まったくの初対面なので、渡辺さんに紹介状を書いてもらった。出演料無料、ホール貸し切り料無料、という条件で開催することになった。当日、石牟礼さんや渡辺さんの本をホールでまとめて販売すると書店としては採算がとれるらしい。

早速、渡辺さんに報告すると、「私もなんでもやるよ」とのこと。渡辺さんが何かしゃべってくれるのならそれにまさるものはない。長崎書店に相談すると、ぜひ、とのこと。私が聞き手となって渡辺さんに道子さんのことを語ってもらおう。渡辺さんにそう伝えると、「私をメインにしなくていい」とおっしゃる。米本を押しのける形になるのがイヤなのだ。結局、渡辺さんと私の対談ということになった。

開催は二〇二〇年二月二二日（二が五つ並んだので覚えている）。この日、熊本県の人が新型コロナウイルスに感染したと発表があった。熊本では初めてである。それまでは他人事と思っていたコロナが身辺に急浮上してきた。「どうするの？　やるの？」と私の携帯に何人かから問い合わせがあった。夜には熊本市内で村上春樹さんのトークが予定されている。そちらの動向も気になったが、ネットで確認する限り、開催のようである。翌日予定されていた水俣市の石牟礼作品の朗読会は中止となった。

手洗い、アルコール消毒などを徹底した上で決行することにした。八〇人で満席。児玉さんによると、「大量のキャンセルが出たが、予約なしで当日来た人も同じくらいいた」ということである。

渡辺さん相手の対談で段取りなど、あるものでない。数日前に渡辺さん宅に打ち合わせに行ったが、「まあ、よろしく」などと言われ、曖昧なまま終わっている。かみあわなければどうしよう。もともとかみあうはずはないのだが、対談としての最低限の体裁は整えなければならない。不安で仕方なかったが、始まってみると、杞憂に終わった。渡辺さんのワンマンショーになり、かみあうもかみあわないもなかったからである。

壇上で思ったこと——。渡辺京二は闘う人である。登壇前は多少、私と対話しようという気もあったろうが、登壇し、道子さんのことを話し始めると、渡辺さんの頭の中は道子一色になっている。対談？　それがなんだ。いまは道子のことを語らねばならぬ。来場者も渡辺さんの話に魅せられてしまい、一語も聞き漏らすまいと聴き入っている。私の登場する余地はないのだった。渡辺さんの朗読で締めくくる。それだけは打ち合わせ通りだ。渡辺さんが選んだのは「幻のえにし」である。

生死のあわいにあればなつかしく候
みなみなまぼろしのえにしなり

「幻のえにし」は『苦海浄土』第三部「天の魚」の冒頭に置かれた詩編である。「天の魚」は七四年に単行本として刊行。川本輝夫ら未認定患者らのチッソ東京本社占拠を描く。この時期は道子さんの生涯の絶頂期である、と渡辺さんは言っている。道子さんを悼むのにこれ以上の作品は見当たらない。
渡辺さんの語りは、腹の底から絞り上げる感じで、朗読というより詩吟のようである。思いを込めるときによくそうするように、渡辺さんは目を閉じている。

おん身の勤行に殉ずるにあらず
ひとえにわたくしのかなしみに殉ずるにあれば
道行のえにしはまぼろし深くして一期の闇のなかなりし

生まれついたこの世がぴったりとこない、かなしいわたくしの運命に殉じているのです——と道子は言っている。石牟礼さんの道行きの相手の渡辺さんが、道子の「道行」の詩を朗読しているのだ。渡辺さんの声で石牟礼さんの言葉が再現されている。私は不思議な気がした。石牟礼さんの横顔や、ペンをにぎりしめた手が思い浮かぶ。
「なつかしきかな」と渡辺さんが一層声を張り上げたとき、渡辺さんのそばに石牟礼さんがいるのがありありと感じられた。

道子「まあまあ」
京二「幻のえにし、あなたがいなくなったから、私が読んでいます」
道子「まあ、幻のえにし、はいはい。とてもお上手です」

京二「上手というかね、ま、とにかく……。どんなふうですか、ご気分は？」
道子「なんともございませんの」
京二「楽にするといいです。ゆたーっとしとくとよかです」
道子「はい。ゆたーっとしとります。京二さん、おからだ、お大切に」
京二「大切、まあ、そうね、はい、あなたも……」

「幻のえにし」が載った全詩集を渡辺さんは一応手にしているが、もう暗記しているのであろう、目を閉じたまま詩句を即興のように口にする。渡辺さんは石牟礼さんの言葉を介して何を伝えようとしているのか。「縁」か「愛」か「魂」か。「情熱」か「信頼」か「献身」なのか。
まず、石牟礼さんと渡辺さんの奇跡のような出会いがあった。水俣病事件が抜き差しならぬ段階に差し掛かる。魂の邂逅。そして闘争の季節（とき）がきた――。目を閉じて滔々と語る渡辺さんはまだ闘いの渦中にいる。朗読する渡辺さんの隣に道子さんがいると改めて思った。「まあ」と独特の鼻にかかった彼女の甘い声を追いかける私はどんなニュアンスも聞き逃すまいと一心不乱にうなじを垂れていた。

あとがき

二〇一九年四月一七日、徳島県在住の私の母、米本道子が死んだ。八二歳だった。三月一二日に入院。甲状腺未分化がん。増殖力が強い。同年二月に告知を受けたが、両親は福岡市在住の私に伝えなかった。入院して初めて私は病名を知った。

悪性腫瘍が気管に巻きつき手術ができない。日々、大きくなるがんに気管が圧迫され、呼吸困難を強いられた。母は、握りしめたティッシュに時折痰を出す。医学的処置は何もなく、窒息を待つだけなのだ。

三月一六日、救急車で県立病院に転院。同一九日、気管切開をして管を入れ、集中治療室をへて同二〇日、緩和病棟に移った。モルヒネを投与して苦痛をやわらげる。呼吸が楽になっただけでも私はありがたかった。

死への時間を母と刻む。ベッドの足元にあるソファが私の居場所である。夜は簡易ベッドになる。そこに寝転がって私は、肉体が滅んでも魂というものはあるのだろうか、あるとしたら、いつまであるのだろう、そして、どこへいくのだろう、など考えを巡らした。馴染んだ山や川が無性に懐かしかった。

死が充満した部屋で私は、母の魂が永くこの世にいられるよう願った。パソコンを開いて文字を入力する。その文字の中に母の魂を封じ込めようとしたのだ。いかに非合理的で非科学的に聞こえようとも、二〇一九年春の私の本心からの望みは、母の魂を文字の中に封じ込めることであった。

書くテーマとして、石牟礼道子さんと渡辺京二さんの〝魂の邂逅〟が思い浮かんだ。それまで私は何度も、そのことを書こうとして、果たせなかった。うまく書けるか書けないか技術的なハードルが存在するのはもちろんだが、いまは書くときではない、恣意的に書けるものではない、という気がしきりにしていた。日常性が担保された健常な空間には、〝魂の邂逅〟というテーマは馴染まないのだ。

母の病室で書き始めた私は、手に負えるのかという不安な気持ちの一方で、〝死〟を賭けて果たせないものはないだろう、粘ればなんとかなる、と自分に言い聞かせた。母と私は、生と死が近接した空間をたゆたっていたのだ。そこはまっくらである。あかりなしで地底を彷徨する炭鉱作業員のように私は、手を前に突き出して進むしかない。希望をたぐりよせるように、冷たい壁に頬を寄せる。暗い中でも居場所が見つかってほっとしたものである。

先の方にあかりが見える。近づくにつれ、淡いまぼろしのような光が、人の形になる。小さな文机に小柄な女性がおおいかぶさるようにしている。石牟礼道子さんだ。何かせっせと書いている。おかっぱのその人は一心不乱なのだ。ひどく孤独な姿に見えた。

別のあかりが見える。山積みになった雑誌と渡辺京二さんが格闘している。一九六〇年代後半である。髪が黒々と盛り上がっている。渡辺さんも文机に向かっている。背中はぴくりとも動かない。渡辺さんもまた孤絶に生きる人である。

申し合わせたように文机に向かっているのは、〝書く人〟の面目躍如という気がした。言葉で思いを伝え、思いを交わす。道子も京二も互いの言葉にいかに影響されていったことか。私は、身の置きどころのない孤独を、死の島に放逐された寄る辺ない心を、道子と京二の、魂のこもった言葉になぐさめてもらいたかった、救済を求めたのだ。ふたりとも私のために書いているのではないかと思えるほど、交わされる言葉は、私の魂を深く揺さぶった。

そうやって完成したのが第三章「魂の章」である。第一章から順番に書いていったのではなく、最初に「魂の章」があった。ふたりの魂のことを書くならその前段に何があったのか書かねばならない。第一章、第二章で、ふたりの生い立ちから詳しく書いたのはそのためである。〝魂の邂逅〟後の展開も必須であろう。道子と京二の相愛の熱に導かれるまま、水俣病闘争をたどる第四章へと入っていったのである。第一章から五章までを『新潮』に掲載していただき、連載終了後、第六章をあらたに書きおろした。

認定NPO法人水俣フォーラム理事長の実川悠太氏が無償で〝水俣病校閲〟をしてくれたのはありがたかった。高校生の頃から水俣病闘争に参加し、現在は講演会などを企画しつつ、水俣病裁判など状況を逐一ウォッチしている実川氏は〝水俣病の生き字引〟といってさしつかえあるまい。指摘のひとつひとつに実体験の重みがあった。

担当編集者の疇津（あぜつ）真砂子氏には『評伝　石牟礼道子――渚に立つひと』に続いてお世話になっ

た。男女の機微に踏み込むことに腰が引けがちになる私を、「怒られたら、そのことを書けばいいではありませんか」と叱咤激励し、ペンギンのように岩の上でモジモジする私の背をどんと押してくれた。

新型コロナウイルスが世界を席捲している。今後、コロナと共存せざるを得ないであろう。身体的接触が遠ざけられ、リモートでの対話が広がる。人と人との関係のあり方が問い直されるいまこそ、道子と京二の〝魂の邂逅〟は死活的に切実な輝きを帯びる。

石牟礼道子さん、渡辺京二さん、もうひとりの道子さんである私の母に本書を捧げます。

二〇二〇年八月

米本浩二

引用・参考文献

本文中、「石牟礼道子日記」「渡辺京二日記」「書簡」とあるものは活字化されていない原典よりの引用である。

【石牟礼道子著作】

■『石牟礼道子全集　不知火』全17巻+別巻、藤原書店、二〇〇四年〜一四年
■『石牟礼道子詩文コレクション』全7巻、藤原書店、二〇〇九年〜一〇年
『あやとりの記』福音館日曜日文庫、一九八三年→福音館文庫、二〇〇九年
『十六夜橋』径書房、一九九二年（→ちくま文庫、一九九九年）
『石牟礼道子全句集　泣きながが原』解説・黒田杏子、藤原書店、二〇一五年
『石牟礼道子全詩集〔完全版〕』石風社、二〇二〇年
『海と空のあいだに　石牟礼道子全歌集』弦書房、二〇一九年
『苦海浄土　わが水俣病〈新装版〉』講談社文庫、二〇〇四年
『苦海浄土（池澤夏樹＝個人編集　世界文学全集　Ⅲ-04）』河出書房新社、二〇一一年
『苦海浄土　全三部』藤原書店、二〇一六年
『句集　天』天籟俳句会、一九八六年
『ここすぎて水の径』弦書房、二〇一五年
『最後の人　詩人　高群逸枝』藤原書店、二〇一二年
『潮の日録――石牟礼道子初期散文』葦書房、一九七四年
『不知火おとめ――若き日の作品集1945-1947』藤原書店、二〇一四年

『不知火――新作能』平凡社、二〇〇三年
『不知火海――水俣・終わりなきたたかい』創樹社、一九七三年
『西南役伝説』朝日新聞社、一九八〇年
『椿の海の記』朝日新聞社、一九七七年→河出文庫、二〇一三年
『はにかみの国――石牟礼道子全詩集』石風社、二〇〇二年
『水はみどろの宮』平凡社、一九九七年→絵／山福朱実、福音館文庫、二〇一六年
『葭の渚――石牟礼道子自伝』藤原書店、二〇一四年
『流民の都』大和書房、一九七三年

【渡辺京二著作】

『気になる人』晶文社、二〇一五年
『死民と日常――私の水俣病闘争』弦書房、二〇一七年
『父母の記――私的昭和の面影』平凡社、二〇一六年
『日本詩歌思出草』平凡社、二〇一七年
『万象の訪れ――わが思索』弦書房、二〇一三年
『御代志野―吾妹子のかたみに』私家版、一九八九年三月
『もうひとつのこの世――石牟礼道子の宇宙』弦書房、二〇一三年
『逝きし世の面影』平凡社ライブラリー、二〇〇五年
『預言の哀しみ――石牟礼道子の宇宙Ⅱ』弦書房、二〇一八年
『渡辺京二コレクション（２）民衆論　民衆という幻像』ちくま学芸文庫、二〇一一年

『渡辺京二評論集成Ⅱ　新編　小さきものの死』葦書房、二〇〇〇年
『渡辺京二評論集成Ⅳ　隠れた小径』葦書房、二〇〇〇年

【共著、編著、雑誌、他作家の著作など】

「藍生」黒田杏子主宰、二〇一八年六月
新木安利『サークル村の磁場——上野英信・谷川雁・森崎和江』海鳥社、二〇一一年
「アルテリ」創刊号〜9号、アルテリ編集室、二〇一六年〜二〇年
「アンブロシア」43号、アンブロシアの会、二〇一六年
石牟礼道子編『天の病む——実録水俣病闘争』葦書房、一九七四年
石牟礼道子編『わが死民——水俣病闘争』現代評論社、一九七二年
石牟礼道子資料保存会編『残夢童女——石牟礼道子追悼文集』平凡社、二〇二〇年
稲泉連『こんな家に住んできた——17人の越境者たち』文藝春秋、二〇一九年
岩岡中正編『石牟礼道子の世界』弦書房、二〇〇六年
上野朱『蕨の家——上野英信と晴子』海鳥社、二〇〇〇年
上野英信『上野英信集』全5巻、径書房、一九八五〜八六年
岡本達明『水俣病の民衆史』全6巻、日本評論社、二〇一五年
カフカ『変身・断食芸人』山下肇・山下萬里訳、岩波文庫、二〇〇四年
川本輝夫『水俣病誌』久保田好生ほか編、世織書房、二〇〇六年
「技術史研究」No. 86　現代技術史研究会、二〇一八年
「熊本風土記」第1〜12号、新文化集団、熊本風土記発行所、一九六五〜六六年

「暗河」創刊号〜48号、暗河の会、一九七三年九月〜九二年九月
「告発（縮刷版）」創刊号〜第24号、東京・水俣病を告発する会、一九七一年〜七四年
「サークル村」第3巻第1号1月号、九州サークル研究会、一九六〇年
高峰武『水俣病を知っていますか（岩波ブックレット948）』岩波書店、二〇一六年
高群逸枝『高群逸枝全集』全10巻、理論社、一九六六〜六七年
「高群逸枝雑誌」創刊号〜32号、橋本憲三編、一九六八年〜八〇年
立原道造『立原道造　鮎の歌』大人の本棚、みすず書房、二〇〇四年
谷川雁『原点が存在する——谷川雁詩文集』松原新一編、講談社文芸文庫、二〇〇九年
「魂うつれ」第75号、本願の会、二〇一八年一一月
近松門左衛門『曾根崎心中・冥途の飛脚 他五篇』祐田善雄校注、岩波文庫、二〇〇六年
「南風」創刊号〜50号、蒲池正紀主宰、一九五二年一〇月〜六五年四月
久野啓介『宇土半島私記』石風社、二〇一四年
三島昭男『哭け、不知火の海』三一書房、一九七七年
宮澤信雄『水俣病事件四十年』葦書房、一九九七年
森崎和江『精神史の旅　森崎和江コレクション』全5巻、藤原書店、二〇〇八年〜〇九年
吉本隆明・桶谷秀昭・石牟礼道子『親鸞——不知火よりのことづて』平凡社ライブラリー、一九九五年
米本浩二『評伝　石牟礼道子——渚に立つひと』新潮社、二〇一七年
W・ユージン・スミス、アイリーン・M・スミス『MINAMATA』中尾ハジメ訳、三一書房、一九八〇年

石牟礼道子・渡辺京二年譜

「石牟礼道子年譜」は、米本浩二『評伝　石牟礼道子──渚に立つひと』（新潮社）所収の年譜を元に米本が本書用に再構成した。「渡辺京二年譜」は渡辺京二氏からの聞きとりや著作、日記、書簡をもとに米本が作成。渡辺氏に確認していただき、了承を得た（米本浩二）。

年	石牟礼道子年譜	渡辺京二年譜	社会・水俣の出来事
一九二七（昭和二）年	三月一一日、熊本県天草郡宮野河内村（現・天草市河浦町宮野河内）で誕生。父白石亀太郎、母吉田ハルノの長女。ハルノの父・吉田松太郎は石工の棟梁。道路港湾建設業・吉田組を営む。道子誕生時に一家は宮野河内に出張中。生後三カ月で吉田組の本拠・水俣町（現・水俣市）浜に戻る。のちに弟四人（一人は生後五日で死去）、妹一人が生まれる。		
一九三〇（昭和五）年	吉田組が水俣町栄町へ転居。	八月一日、京都府紀伊郡深草町（現・京都市伏見区深草）で誕生。	

父渡辺次郎、母カネ（かね子）。実際の誕生日は九月一日。父が間違えて届けたという。異母兄實、長姉昭子（てるこ）、次姉洋子。京都で生まれた渡辺家二番目の男子ということで、「京二」と命名された。次郎は熊本県菊池郡龍門、カネは熊本市古城堀端町の生まれ。一九二二年に結婚。日活映画の活動弁士だった次郎は同年一〇月、博多寿座の弁士になる。一九二四年春には京都帝国館の弁士に。一九二六年夏まで在籍した。

一九三二（昭和七）年

渡辺次郎、大連へ。母と兄、姉二人と熊本市上林町に住む。『少年倶楽部』など愛読す。

日窒水俣工場、アセトアルデヒドの生産開始。有機水銀を含む廃液を水俣湾百間港へ無処理放流。

一九三四（昭和九）年

水俣町立第二小学校入学。三三年に入学するはずが役所の連絡ミスで一年遅れる。一歳下の弟・一（はじめ）と同級生になる。

一九三五（昭和一〇）年

年	石牟礼道子	渡辺京二	事項
	事業失敗で一家没落。栄町の自宅を差し押さえられ、一家は水俣川河口の荒神（通称・とんとん村）に移る。		
一九三六（昭和一一）年	水俣町立第一小に転校。	實、大連へ。	
一九三七（昭和一二）年		熊本市の硯台尋常小学校入学。	
一九三八（昭和一三）年		春、北京で映画館の支配人をしていた渡辺次郎が妻と子供たちを呼び寄せる。北京第一小へ通う。	
一九四〇（昭和一五）年	水俣町立第一小卒業。学業優秀。町立水俣実務学校（現・県立水俣高校）に入学。歌作を始める。	四月、大連へ移住。南山麓小四年に編入。	
一九四一（昭和一六）年			日窒、日本で初めて塩化ビニール製造開始。同工程からもメチル水銀流出。のちに水俣病と疑われる最も早い症例の発生。
一九四三（昭和一八）年	水俣実務学校卒業。代用教員錬成所に入り、二学期より水俣郡田浦小に	北京で異母兄實死去。大連一中入学。	

勤務。		
一九四四（昭和一九）年		
	春、次姉洋子死去。徳冨蘆花、島崎藤村、バイロンやゲーテに触れて、本格的に文学を志す。秋、大連を出発し、釜山から下関へ船で渡り、広島・江田島の海軍兵学校予科を受験するも不合格。	
一九四五（昭和二〇）年		
水俣駅前で米軍の空襲に遭う。終戦を田浦小で迎える。	四月、大連一中三年時、満鉄図書館沙河口分室で日夏耿之介『明治大正詩史』と出会い、座右の書となる。ドストエフスキーに心酔。翌年にかけて短歌を作る。八月、終戦。大連駅前でソ連の将校に母の着物を売るなどして生計を立てる。	八月一五日、第二次世界大戦敗戦。
一九四六（昭和二一）年		
町立葛渡小へ転勤。三月に戦災孤児タデ子と出会い、五月まで自宅で保護。関西行きの復員列車に乗せる。結核のため秋まで自宅療養。	引き揚げのための事務機関「大連日本人引揚対策協議会」で働く。	
一九四七（昭和二二）年		
代用教員退職。三月、石牟礼弘と結	四月、引き揚げ船に乗って長姉昭子	

年	石牟礼道子	渡辺京二
	婚。七月、霧島山中で三度目の自殺未遂。	と帰国。母方の菩提寺に両親と長姉と寄寓。旧制熊本中に通う。秋、青年共産主義同盟に入る。
一九四八（昭和二三）年	一〇月、長男道生誕生。	春、共産党入党。第五高等学校へ入学。エリヤスベルク『ロシア文学史』、ゲルツェン、ベリンスキーらロシア作家に親しむ。夏休みに喀血、結核と分かる。洗面器一杯分吐血。休学し、住まいにしていた菩提寺の本堂で療養。
一九四九（昭和二四）年		五月、菊池郡西合志村（通称・御代志野）の国立結核療養所「再春荘」に入所。共産党の活動に熱中する。看護婦の前田正子と交際する一方、正子の親友の越牟田房子と交際。房子と手紙上で婚約。宮沢賢治の詩に親しむ。
一九五〇（昭和二五）年	水俣一中の美術教師が開く画塾で、のちに銅版画家になる秀島由己男と知り合う。	療養所の仲間と回覧雑誌『樹氷』を作る。中野重治ふうなエッセイを書く。

年			
一九五二（昭和二七）年	毎日新聞「熊本歌壇」に投稿始める。一〇月創刊の歌誌『南風』に入会。志賀狂太と知り合い、文通を重ねる。	夏、胸郭形成術を受ける。房子の精神状態が不安定になり、結婚に至らず。房子の健康回復後に「婚約したときと気持ちは変わらない」と告げるも、「全部忘れた」と言われる。	
一九五三（昭和二八）年	水俣市内日当の養老院下に住む。新日窒水俣工場の組合員や市役所職員らが自宅に出入りし始める。サークル「トントンの会」結成。	初小説「若い眼」を再春荘のサークル誌『わだち』に発表。六月、熱田猛を識る。一〇月、療養所を退所。	水俣湾周辺漁村で多数の猫が死ぬ。原因不明の中枢神経疾患散発。一二月、水俣病認定第一号患者、溝口トヨ子が発症（五六年三月死去）。
一九五四（昭和二九）年	四月、歌友の志賀狂太自殺。『南風』に「志賀狂太に捧げる歌」一〇首掲載。谷川雁を知る。	サークル交流会で谷川雁に会う。前田正子死去。新日本文学会熊本支部を再建。『新熊本文学』復刊。	
一九五五（昭和三〇）年		文化サークルで知り合った熊本県庁職員の岩下敦子と交際。小説二作目「揺れる髪」を『新熊本文学』に発表。共産党の武装闘争路線放棄に衝撃を受ける。	
一九五六（昭和三一）年	『短歌研究』新人五〇首詠に入選。	共産党を離党。	五月一日、新日窒付属病院長の細川

詩の発表を始める。		一が水俣保健所に原因不明の中枢神経疾患四名発生と報告。水俣病発生の公式確認。五月二八日、水俣市が奇病対策委員会設置。七月、奇病対策委、患者八人を隔離病舎に収容。八月、熊本大学医学部に水俣病医学研究班を設置。
一九五七（昭和三二）年		
	熱田猛、上村希美雄、藤川治水らと『炎の眼』創刊。全一二冊。五八～六〇年、小説『顔』を五回連載。法政大通信教育部に入る。	四月、水俣保健所の実験でネコ発症。水俣湾産魚介類の毒性確認。六月、熊大医学部が「水俣病」の用語を公式に初めて使う。八月、水俣奇病罹災者互助会（のちの水俣病患者家庭互助会）結成。会長は渡辺栄蔵。
一九五八（昭和三三）年		
谷川雁、森崎和江、上野英信らの「サークル村」に参加。一一月二九日、弟一が鉄道事故で死去。	春、岩下敦子と結婚。	九月、新日窒水俣工場、廃液の放流先を百間港から水俣川河口の八幡プールへ変更。以後、津奈木・芦北方面など不知火海全域に被害拡大。
一九五九（昭和三四）年		
五月、日本共産党に入党。	一月三一日、長女梨佐誕生。法政大社会学部へ転部。妻子を熊本に残し上京。	七月、熊本大学研究班が病因を有機水銀と発表。一〇月、新日窒付属病院の実験でアセトアルデヒド廃水投

与の「猫400号」が発症。一一月、不知火海沿岸漁民二〇〇〇人が工場に乱入（漁民暴動）。食品衛生調査会、水俣食中毒部会の結論により「水俣病の原因は湾周辺の魚介類中の有機水銀」と厚生大臣に答申。一二月、厚生省の患者認定制度始まる。患者家庭互助会、新日窒と「見舞金契約」を締結。死者三〇万円など。「今後原因が工場排水と判明しても追加補償を要求しない」という条項を含み、七三年の判決で「公序良俗に反して無効である」と批判される。

一九六〇（昭和三五）年

一月、『苦海浄土　わが水俣病』第三章「ゆき女きき書」の原型となる「奇病」を「サークル村」機関誌に発表。九月、日本共産党を離党。

春、社会学部の講義を受ける。世田谷区下馬二の四二の安方に下宿。『週刊読書人』の「読書人の言葉」に投稿してしばしば採用される。『中央公論』一月号の吉本隆明「戦後世代の政治思想」に共鳴する。

一九六一（昭和三六）年

五月、筑豊で大正行動隊の闘いをみる

父・渡辺次郎死去。秋に「新文化集団」発足。

一九六二（昭和三七）年 谷川雁、渡辺京二らの「熊本新文化集団」に参加。『思想の科学』に「西南役伝説」を発表。同名の連作の第一作。	東京・御徒町の吉本隆明を訪問。法政大卒業。新文化集団の会合で石牟礼道子と出会う。橋川文三の口述筆記をする。一二月、『日本読書新聞』記者となる。橋川文三が推薦者。熊本から妻子を呼び寄せる。	一一月、水俣病患者診査会が胎児性患者一六人を初診定。
一九六三（昭和三八）年 一二月、赤崎覚らと『現代の記録』を創刊するが、創刊号で終了。同誌に「西南役伝説」を発表。		二月、熊大研究班が「原因物質はメチル水銀化合物」と公式発表。
一九六四（昭和三九）年 高群逸枝の著作に感銘を受け、逸枝に手紙を送る。その後、逸枝死去。	一月三日、次女千枝誕生。三月、読書新聞事件。皇室をめぐる記事に右翼が抗議。謝罪した会社に反発し、退職。左官の業界紙の編集をする。山本周五郎に耽溺。	
一九六五（昭和四〇）年 渡辺京二編集『熊本風土記』に『苦海浄土　わが水俣病』の初稿「海と空のあいだに」を連載（六六年まで八回）。逸枝の夫、橋本憲三が来訪。東京の逸枝の仕事場兼研究所「森の	三月、熊本に帰る。五〜七月、書店「新聞の家」に勤務。姉からの援助三〇万円を元手に一二月、『熊本風土記』創刊。秋、バスに乗って石牟礼道子に会いに行く。連載の打ち合	六月、新潟県阿賀野川下流域で第二の水俣病（新潟水俣病）公式確認。

年			
	家」に来るよう誘われる。	わせ。	
一九六六（昭和四一）年	「森の家」に六月二九日〜一一月二四日の約五カ月間滞在。	千枝やけど。大学病院に入院。この年いっぱい『熊本風土記』刊行。七月一五日、長男類誕生。年末、梨佐が交通事故に遭う。翌春まで稲留外科に入院。	
一九六七（昭和四二）年		三月、米屋町で学習塾開く（週二回）。家庭教師も引き受け、生活を維持する。フォークナーに熱中。	
一九六八（昭和四三）年	日吉フミコらと「水俣病対策市民会議」結成。水俣に帰郷した橋本憲三が『高群逸枝雑誌』の刊行開始（八〇年まで三二冊）。創刊号から逸枝の評伝「最後の人」を連載（七六年まで一八回）。	三月、京塚に移転。自宅で学習塾開く。九月、米屋町塾を春日町に移転。一〇月二八日、次男杉生誕生。	五月、チッソ水俣工場がアセトアルデヒド生産中止。水銀流出止まる。九月、政府が水俣病と新潟水俣病を公害病と認定。チッソ社長が患者宅でお詫び。
一九六九（昭和四四）年	一月、『苦海浄土　わが水俣病』刊行。熊日文学賞を辞退。四月、父亀太郎死去。	四月、熊本県水俣市のチッソ正門前に座り込む。「水俣病を告発する会」を設立。	四月、患者家庭互助会、一任派と訴訟派に分裂。六月、水俣病患者二九世帯が熊本地裁に第一次訴訟を起こす。

一九七〇（昭和四五）年 『苦海浄土　わが水俣病』が第一回大宅壮一ノンフィクション賞に選ばれるが、受賞辞退。五月、水俣病患者や告発する会とともに上京。同会メンバーらが厚生省水俣病補償処理委員会会場を占拠。各地に告発する会ができるきっかけになった。一一月、大阪のチッソ株主総会に巡礼姿の患者らと参加。加害責任を直接追及。	三月、出水町塾を開設。五月、厚生省抗議行動。一二月、新雑誌打ち合わせ。	
一九七一（昭和四六）年 川本輝夫らが自主交渉闘争開始。一二月、自主交渉派、東京本社でチッソ社長と直接交渉。患者らと座り込み開始（七三年七月まで一年八カ月に及ぶ）。	五月、ぶんごビルにて高校生教室開く。八月、磯あけみ寄宿。一〇月、カリガリ開店。一二月、自主交渉開始。	九月、ユージン・スミスと妻アイリーンが水俣へ。一〇月、川本輝夫らが自主交渉闘争開始。一二月、自主交渉派、東京本社でチッソ社長と直接交渉。
一九七二（昭和四七）年 三月、自主交渉闘争を描く『苦海浄土』第三部「天の魚」を『展望』に連載（七三年完結）。一二月、『苦海浄土　わが水俣病』文庫版刊行、解説は渡辺京二。	二月一日～月末、在京（茗荷谷宿舎）。三月、久本三多を識る。	

年			
一九七三（昭和四八）年	一月、熊本市坪井町に仕事場を設ける。六月、熊本市薬園町の仕事場へ移転。七月、「補償協定書」に調印。八月、マグサイサイ賞受賞。マニラ訪問。「西南役伝説」の『暗河』連載をスタート。	道子、松浦豊敏と季刊誌『暗河』創刊（九二年まで四八冊）。最初の著書『熊本県人　日本人国記』刊行。	三月、熊本地裁で水俣病訴訟判決。原告勝利。「見舞金契約」は無効。慰謝料一六〇〇万～一八〇〇万円など。訴訟派は上京し、自主交渉派と合流して「水俣病東京交渉団」を結成。東京本社でチッソと交渉開始。七月、「補償協定書」調印。水俣病闘争の事実上の終焉。
一九七四（昭和四九）年	『苦海浄土』第三部『天の魚』刊行。		一月、水俣湾封鎖仕切網設置。四月、水俣病センター相思社完成、患者支援活動を展開する。
一九七五（昭和五〇）年	三月、橋川文三と会う。四月、長男道生が結婚。一二月、色川大吉、鶴見和子らに不知火海の学術調査を要請。荒畑寒村の招きで由布院へ。		
一九七六（昭和五一）年	三月、色川大吉を団長に「不知火海総合学術調査団」が発足し、水俣来訪。以後、毎年水俣で合宿を行う。八三年に報告書『水俣の啓示』（上下		

石牟礼道子	渡辺京二	社会
巻刊行）。五月、橋本憲三死去。一一月、『椿の海の記』刊行。		
一九七八（昭和五三）年		
三月、熊本市若葉のアパートに仕事場を移す。七月、熊本市健軍の真宗寺の崖下に仕事場を移す。	真宗寺住職の佐藤秀人を識る。	チッソ経営資金の公的支援始まる。
一九七九（昭和五四）年		
七月、北九州市で開かれた吉本隆明講演会を聴講。吉本の弟子だった渡辺京二に連れられ挨拶。		
一九八一（昭和五六）年		
土本典昭監督映画『水俣の図物語』制作に参加。	福岡市の予備校・河合塾の講師となる（二〇〇六年まで）。	
一九八二（昭和五七）年		
三月、文学者反核集会のために上京。一〇月、瀬戸内寂聴の依頼で徳島で講演。丸木位里・俊との共著絵本『みなまた　海のこえ』に狐の物語「しゅうりりえんえん」を書く。	熊本短大（現・熊本学園大）非常勤講師。前期は日本文化、後期は西洋文化を講じる。	
一九八三（昭和五八）年		
一一月、『あやとりの記』刊行。対談集『樹の中の鬼』刊行。	母カネ死去。	

一九八四（昭和五九）年		
三月、真宗寺の親鸞聖人御遠忌に「花を奉るの辞」奉納。仏衣にて勤仕。	真宗寺御遠忌に僧服で参加。	
一九八六（昭和六一）年		
夫の弘が水俣市白浜町に家を新築。設計は詩人、岡田哲也。		
一九八八（昭和六三）年		
五月、母ハルノ死去。一二月、真宗寺の佐藤秀人住職死去。遺言によって葬儀の導師を務める。		
一九八九（昭和六四／平成元）年		
六月、歌集『海と空のあいだに』刊行。	小冊子『御代志野』刊行。四月、療養所跡を訪問。房子と再会。	
一九九四（平成六）年		
四月、熊本市湖東へ転居。『食べごしらえ　おままごと』刊行。		
一九九五（平成七）年		
緒方正人、杉本栄子らと「本願の会」結成。水俣湾埋立地に手彫りの野仏建立を進める。二月、谷川雁死去。		
一九九六（平成八）年		

		「水俣・東京展」開催。緒方正人が水俣から打たせ船を回航。
一九九七（平成九）年 二月、散歩中、転倒。パーキンソン病の前兆か。一一月、『天湖』『水はみどろの宮』刊行。		一〇月、水俣湾の仕切網撤去、完了。
一九九九（平成一一）年 熊本日日新聞などに連載した『春の城』を『アニマの鳥』と改題し、刊行。		二月、水俣病患者、川本輝夫死去。
二〇〇〇（平成一二）年 七月、土屋恵一郎から能台本の執筆を依頼される。	一〇月二九日、妻敦子死去。	
二〇〇一（平成一三）年 新作能『不知火』執筆。七月、義弟・西弘死去。	人間学研究会『道標』創刊。	
二〇〇二（平成一四）年 一月、朝日賞受賞。新作能『不知火』、東京で上演。『はにかみの国』刊行。	旧友の熱田猛『朝霧の中から』刊行に尽力。	七月、水俣病患者、田上義春死去。
二〇〇三（平成一五）年 三月、『はにかみの国』芸術選奨文部科学大臣賞受賞。五月、島尾ミホとの対談『ヤポネシアの海辺から』		

年	石牟礼道子	渡辺	社会
	刊行。一〇月、パーキンソン病と診断される。		
二〇〇四（平成一六）年	『石牟礼道子全集　不知火』（全一七巻、別巻一）刊行開始（一四年完結）。『苦海浄土』第二部の完成で三部作完結。八月、新作能『不知火』水俣奉納公演。		
二〇〇八（平成二〇）年	五月、熊本市京塚本町に転居。一〇月、生誕地・天草市河浦町宮野河内を訪ねる。		二月、水俣病患者、杉本栄子死去。
二〇一一（平成二三）年	一月、池澤夏樹個人編集の『世界文学全集』（河出書房新社）に『苦海浄土』三部作収録される。七月、弟・満死去。		水俣病特措法に基づき、チッソ分社化。営利事業を子会社ＪＮＣに譲渡。
二〇一三（平成二五）年	四月、「水俣・福岡展」を前に講演。七月、鶴見和子をしのぶ山百合忌で美智子皇后（現・上皇后）と初めて会う。一〇月、水俣市で胎児性患者と面会し、帰京する美智子さまを熊	道子が秋に体調を崩して入院したのに伴い、渡辺による食事作りが終わる。	四月、水俣病闘争の盟友、松浦豊敏死去。

本空港で見送る。一一月、『苦海浄土』を書いた水俣市猿郷の旧宅解体。

二〇一四（平成二六）年

一月、熊本市中央区帯山の高齢者向け住宅に転居。五月、同市東区秋津の介護施設に転居。

一二月、石牟礼道子資料保存会を結成。

二〇一五（平成二七）年

池澤夏樹個人編集の『日本文学全集』（河出書房新社）第二四巻が『椿の海の記』など一五作を収録。八月、夫の石牟礼弘が死去。

二〇一六（平成二八）年

四月、熊本地震で被災。施設は半壊。自室の本など散乱。五月、東大安田講堂の水俣病公式確認六〇年記念特別講演会に熊本からインターネット中継で参加。

文芸誌『アルテリ』創刊。橙書店の田尻久子に編集を託す。

二〇一八（平成三〇）年

二月七日、発熱、呼吸困難などで危篤状態。同一〇日午前三時一四分、パーキンソン病による急性増悪で死去、九〇歳。法名は釈尼夢劫。同一一日、通夜を真宗寺で、同一二日、葬儀を同寺で営む。喪主は長男道生。

二〇一九（平成三一／令和元）年

二月、真宗寺の石牟礼道子一周忌に参加。一一月一七日、熊本市のホテル日航熊本で開かれた自身の卒寿お祝い会に出席。

二〇二〇（令和二）年

二月九日、石牟礼道子三回忌に参加。二月二二日、熊本市の長崎書店で開かれた石牟礼道子追悼トークイベント「道子さんのことを話そう」に米本浩二とともに参加。道子の詩「幻のえにし」を朗読。

初出

『新潮』二〇二〇年一月号〜五月号「石牟礼道子と渡辺京二」を改稿、第六章は書下ろし。

米本浩二（よねもと・こうじ）
1961年、徳島県生まれ。毎日新聞記者をへて著述業。石牟礼道子資料保存会研究員。著書に『みぞれふる空――脊髄小脳変性症と家族の2000日』（文藝春秋）、『評伝 石牟礼道子――渚に立つひと』（新潮社、読売文学賞評論・伝記賞）、『不知火のほとりで――石牟礼道子終焉記』（毎日新聞出版）。福岡市在住。

魂の邂逅
石牟礼道子と渡辺京二

著者
米本浩二

発行
2020年10月30日

発行者　佐藤隆信
発行所　株式会社新潮社
〒162-8711　東京都新宿区矢来町71
電話　編集部 03-3266-5411
　　　読者係 03-3266-5111
https://www.shinchosha.co.jp

印刷所
株式会社精興社
製本所
加藤製本株式会社

乱丁・落丁本は、ご面倒ですが小社読者係宛お送り下さい。
送料小社負担にてお取替えいたします。
価格はカバーに表示してあります。

ISBN978-4 10-350822-9 C0095